WANG ZIFU WORKS

中国专业作家作品典藏文库
王梓夫卷

饭局

王梓夫 著

中国文史出版社

目　录

第一辑

第 二 辑

第 三 辑

第 四 辑

第 一 辑

放牧灵魂的牧场

妻子病逝以后，心境陷入了低迷的沼泽，万念俱灰。朋友多次来电催促，要我到大理去调理一下，权当疗伤。直到2015年末，我才成行。一对三十年的风雨弟兄，终于又有机会在一起了。那段时间我很充实，终日与大理的众多兄弟纵情诗酒，醉后便在四楼他的书房里飙“书法”，还发到微信朋友圈里换酒。就是在这种情形下，我完成了长篇小说《梨花渡》最后一稿的写作。写作期间每天被大理的风情友情浸淫着，便不自觉地将所见所闻所感夹带在小说的字里行间。小说送到北京十月文艺出版社之后，韩敬群先生觉得有些“脱节”，建议把这些“零碎”剔出来，我亦以为然。为了纪念这段珍贵的写作经历，我原封不动地放在这里了，权当闲言碎语。

离开了梨花渡之后，我被两种梦境疯狂地折磨着：夜里是噩梦，日里是白日梦。暂且不说噩梦，光是白日梦就让我发疯。我控制不住自己的灵魂，它像疯牛一样随时随地冲破樊笼，狂奔在惊心动魄的梦境里。我的白日梦像一部长篇连续剧，稍不小心便进入连续播放状态。而且还是多部剧目，有魔幻的，有现实的，有政治黑幕的，有宏观经济的，有因果报应的……我要疯了，许多人劝我去精神病医院治疗或看心理医生。

平是我三十多年的手足兄弟，他对我很担心。我说，我只是偶尔灵魂出窍。他说，灵魂是需要放牧的，到南诏来吧，这里有一片放牧灵魂的牧场。

于是，我便在这片牧场上，一边滋养着、修复着我的灵魂，一边开始了这部长篇小说《梨花渡》的创作。

南诏古城是一片乡土，是乡土中国的熟人社会。菩大爷无疑是一位德高望重的乡贤，是乐善好施的庄主，又是指点迷津的哲人。他住在一个荒破如废庵的大院里，大门紧锁着，围墙却残缺得抬脚可入。院子里一株榕树只剩下了枯干，曼陀罗的叶子很肥硕，三角梅开得吵吵闹闹。

在画着羊城八景的影壁下，菩大爷很专业地泡着茶。对了，他是一位真正的茶人，供职于一个著名的茶场。他的茶叶出口至法兰西，是按照欧盟的标准检测的，比国内标准高出若干倍。冬天的阳光反映在酽酽的茶杯里，很热。我问，放牧灵魂的牧场上生长的是什么？灵魂是靠什么滋养的？

他说，声音。

我不解。

他说，滋养肉体的是食物、水、空气；滋养灵魂的是声音。灵魂是靠吸纳声音而存活、而生长的。一个听不进声音的肉体，灵魂是萎缩的。

我依然困惑。

他问我，你的胞衣埋在哪儿了？

我说，运河边，梨花渡。

他说，无论灵魂在哪儿放牧，最终是要回到埋葬胞衣的地方的。

都称他贝勒爷，府上还悬挂着一幅他穿镶白旗铠甲的照片，可是他不是满人。他确有“胡相”，这是一位著名作家说的。他从来没有间断过寻找自己的根脉，活佛说他是康巴汉子，阿訇又说他有波斯血统。有一回他郑重宣布，他找到祖先了，从失而复得的家谱上查出来的。他的先祖确实是阿拉伯人，可以追溯到元朝。阿拉伯商人到泉州，留下了一个私生子，这便是他的祖先。那个阿拉伯商人的身份也搞清楚了，属于现在沙特的王室。更为惊喜的是，沙特王室承认了他，并且给了他六十口油井的继承权。于是，他把油井拿出一部分馈赠给朋友，菩大爷四口，白狐三口，燕子两口……

在隆兴院饭庄的大厅里，贝勒爷仗着酒气又开始大放厥词。说什么中国人最擅长的就是窝儿里斗，互相残杀。对面饭桌上的一个爱国者愤怒了，冲了过来，一把薅住了贝勒爷的后脖领子，将他整个提起来。满桌的人都惊呆了，冲过来的爱国者身高近两米，虎背熊腰，满脸横肉，撇着大厚嘴唇说，我最烦中国人骂中国人了，不争气的东西，老子今天要教训教训你。面对着强悍的爱国者，没有人敢吱声。贝勒爷扭头看了看那大汉，镇定地说，你们看见没有，这位爷比我厉害。我只不过骂骂中国人，他敢打中国人。

那大汉听贝勒爷这么一说，扑哧笑了，将贝勒爷放下了……

南诏人民路的九月酒吧，饥饿的灵魂们在狂舞着，贪婪地吞噬着嫩草般的声音。菩大爷的话是对的，灵魂确实是靠声音滋养的。

夜深了，从九月酒吧出来。对面的铺面已经关门了，在店门和马路牙子中间有一小片狭长的空间，空间里并排坐着四个小矮人。小矮人紧紧地挤在一起，两个四十多岁，两个二十岁上下，她们都很漂亮，至少不丑，更不脏。她们面前的马路牙子外面，放着一块棉布，上面摆放着一些小小的手工艺品，手串耳环钥匙坠儿之类的，说不上精美。

我和平觉得奇怪，笑着上前打招呼，平还掏出一张百元的钞票送给她们。她们不要，反复推让着，平把钱放在马路牙子上，她们还是不收。

不知道为什么，我一直放不下这四个小矮人。她们从哪儿来？她们怎么凑到一起的？她们怎样生活？

我到九月去了几次，每次都到对面寻找，却一直没有再见到她们……

一个从美国回来的朋友到南诏看望我，我请她在三月街吃黄焖鸡，据说这是一家正宗的永平黄焖鸡。除了黄焖鸡，我们还要了两个别的菜。菜上来了，门口出现一个乞丐，男，四十余岁，手里端着一个打包用的纸饭盒，饭盒里有米饭。我见他想要菜，便把那盘肉末烧茄子端起来要拨给他一点儿。不料他不要，要吃黄焖鸡。笑喷。

南诏的乞丐也这么任性。

绕三灵。南诏的情人节，亦称之为风流会。据考起源于母系社会后期，目的是部落繁衍人口。在农历四月二十三日至二十五日的时间里，人们放弃劳作，积聚在苍山无台峰下，尽情欢娱。无论已婚或未婚的男女，只要遇见自己心仪的对象，就到庆洞村附近的树林里尽情寻欢。

三天以后，一切复归平静。已婚夫妇回到家里，对这三天的经历不追问、不讨论、不计较，继续过着柴米油盐的庄稼日子。穷苦且不论，至少很祥和。

人生总会有面临选择的时刻，你是选择留在原来生活的地方，还是选择跟随内心的罗盘前进？尽管我们离一个好的世界还很远，当下的生活就在你面前发生着。至于未来，那是另一回事。这是许多人选择漂泊在南诏的最好的理由。

一只自由的鹰很鄙视鱼鹰这种甘愿受剥削且逆来顺受的生

活，对鱼鹰说，你看，我抓到多大的鱼都自己享受，不被任何人剥削，也不受任何人控制。鱼鹰说，你别看我天天吃小鱼小虾，到了冬天冰雪封河的时候，你们都在挨饿，而我依然有小鱼小虾吃。这个故事在南诏绝对没有市场。

我的灵魂吞噬着声音，很鲜嫩很细腻的声音，像春蚕在咀嚼着桑叶，而咀嚼的享受却像是槽头的母马。灵魂在丰饶的滋养中成长与更新。

山水晏居的酒吧已经进入深夜了，酒吧里的人不多了，歌手们也大多离去了。

那个乐器叫作“夯”，只是这个发音，我绝不愿意用这个字给它命名。它是从欧洲传来的，据说是用二战时期废弃的武器制作的。形状像个飞碟，比汽车的方向盘大一些。飞碟上有凹进去的洼槽，不同的音节是从那些洼槽里发出来的。

演奏“夯”的是一位年轻的艺术家，不像时髦艺术家那样长发虬髯，很清秀很斯文，装束也像个青年学生。他演奏的不知道是什么曲调，但是我深知制造这新型乐器的曾经是人类互相残杀的武器。是什么武器？枪吗？炮吗？当初使用武器的是谁？肯定也是个年轻人，像演奏者这样清秀斯文的年轻人，甚至比他更清秀更斯文也更年轻。

南诏的丐帮大会，又称花子节，苍山下的东岳庙前面，聚集着来自全国各地的乞丐，熙熙攘攘形态各异五花八门，堪比《巴黎圣母院》里的奇迹王朝。这一天是阴历三月二十八日，传说是东岳大帝的诞辰日。每到这一天，东岳大帝就会把鬼魂放出来，让亲人祭奠超度。在这一天行善，会积福积德。无论是南诏土著还是过往游客，都会对乞丐慷慨地施舍。

我一直想看看花子节的盛况，总是错过机会，今年下决心要亲临现场的。

一对夫妇到南诏来旅游，在古城里转了两天，妻子不走了。丈夫急了，他们是从北京来的，做的是外贸生意，妻子是负责总经销的，你不走了，那么一大摊子事情怎么办？妻子说，你是总经理，我辞职了。无论丈夫如何苦苦哀求，妻子就是不走了。丈夫火了，说你要是不走，我们就离婚。离就离呗，反正我不走了。

有人说，这个女人的魂魄被南诏的鬼主留下了，必须请人作法收回魂魄。丈夫找到了朵兮薄的祭司，杀牛宰猪，跳神祭鬼，折腾了三天三夜，妻子依然毫不动摇，坚决要在南诏留下来。

丈夫只好独自走了。一年以后，丈夫前来找妻子，妻子在洱海边开了一家客栈。非常有品位的客栈，一座伸展到海水中的小院，如蓬莱仙境一般。

据说，丈夫住了几天之后，也不走了。至于北京的生意嘛，鬼知道怎么办。

法国人招待中国人，贝勒爷作为贵宾出席。席间，法国人说中国人逐渐喜欢上了红酒，这样非常好。可是有些人对红酒缺乏基本常识，喝的时候兑可乐、雪碧、红茶什么的，这就破坏了红酒的味道。贝勒爷立即站起来，翻译说，我们没安排发言。贝勒爷说，我不是发言，我是跟他对话，你没有剥夺我说话的权利，好好给我翻译。贝勒爷说，几百年前，我们的茶叶传到了你们法国，就是 tea。原本我们有一整套泡茶喝茶的规矩，结果你们给变了，将牛奶、糖块都加进去了，我们说什么了吗？非但没说什么，我们还认可了。到现在你们那些掺了牛奶糖块的红茶还返销到我们中国来了。红酒兑雪碧、红茶怎么了？说不定以后你们觉得味道不错是一种新的时尚呢！说不定以后这中国人发明的红酒也能返销你们法兰西呢！

你知道南诏的工人福利有多大吗？杨小云说，他爷爷退休的时候，工厂发了一口棺材。那口棺材就摆放在她家的堂屋里，没有人觉得晦气，爷爷反倒非常自豪，常常对来家做客的人炫耀：这是工厂发给我们退休工人的。爷爷常常把这福利挂在嘴边上，奶奶心里不平衡了。奶奶在一家街道办的小厂工作，退休的时候就发了两条毛巾。奶奶心里不痛快，就找碴儿跟爷爷闹气，像小孩儿一样还不说话了。后来父亲和叔叔看不下去了，花钱也给奶奶定制了一口棺材。两口棺材并排摆在堂屋里，成了孩子们捉迷藏的好道具。

南诏的山水间小区，猴哥家里高朋满座，其中还包括他的前妻。他亲自下厨，厨艺绝佳，又兴高采烈地向大家敬酒，其乐融融。饭后，饮茶闲聊，他感叹前妻如何关心他。我说，既然这样，为什么不与她复婚？众皆笑，原来坐在他前妻旁边的那位先生，是他前妻的现任丈夫。猴哥解释说，他们两个人都是他的学生，那个男的在学校里就暗恋他的前妻。他们离婚以后，那男的立即和自己的老婆离婚追求旧爱。

当年菩大爷搞旅游，西服革履，一表人才，被前来旅游的一个北京姑娘看上了。北京姑娘辞去了优厚的工作来找他。当时他很忙，安排她住在丽江束河的一家客栈里。

束河有一个流浪艺人，用竹子编蜻蜓，每天只编十个，每个卖十元。北京姑娘等着菩大爷，闲着无聊，天天看艺人编蜻蜓。没想到那个艺人原来是个大学教授，博学多才。

菩大爷带完旅游的团队回来，北京姑娘不见了，有人说，跟那个编蜻蜓的走了。

菩大爷失恋了，从此独身在人民路上。

2016 年 2 月于大理山水间

饭局上的座次

大凡有饭局的人多非等闲之辈，有权的有钱的有所谓身份的，总之是有头有脸的。有头有脸的人娇气、敏感、小心眼儿，他们都很在意自己的身份，脸皮儿薄。因之席面上的座次往往成了东家最头疼的事。

宴席上的安排，最简单的办法就是事先写桌牌，宾客来了找到自己的名字入座就是了。但这是正式场合，大多饭局都是非正式的，有许多还是随意随机的，摆桌牌显然是弄事儿。这时候宾客之间多是推推让让，霎时间复活了泱泱大国的礼仪风范。

食客们都有十足的经验，入席之前先要看清主座在哪儿，一般大宾馆的餐桌事先便布置好了，酒杯上插着的餐巾，总有一只是与众不同的。档次低一点儿的餐厅多无此讲究，于是人们便按约定俗成的规矩，将对着门口或者靠近里面窗户的那个座位当作主座。认清了主座之后便自知冷暖，掂量着自己该坐在哪个座位上。掂量好了也不能就座，还要假戏真做地谦让一番。谦让分两个层次：一是看谁的头脸最大；二是看谁做东请客。一般地说，东家当仁不让地该坐首席。但必须东家与来宾中头脸最大的那个人不相上下才行，否则依然要“敬陪末位”。让谁呢，一般的情况下都是让官最大的那个人，也就是所谓的“领导”。而领导多是说千篇一律的话，大家随便坐，都是朋友嘛。你可千万不要把这当成领导的指示，果然随便坐了，便会“一人向隅，举座为之不欢”。席间除了领导，或许还有年纪大的或有一定声望的长者，这时候领导也会真多假少地推举为上。一般来说，长者也不要倚老卖老，说句“寿不压职”后依然要把主座让给领导，这叫给面子。

主座确定后，下面的依然在谦让，但简单多了。应该以右上左下的原则，确立“第二主宾”“第三主宾”的位置，但大多不讲究，只是依照各自的身份将两个扇面形围成一个圆形即可了。

如果有谁眉高眼低坐错了位置，便会出现很尴尬很不快的事情。中间如果他醒悟过来，知道“越位”了，也会如坐针毡收不了场。曾经在一个场合上前后两任局长相遇了，老局长年纪大又德高望重，新局长非但年轻且政绩平平人气低微。他让也没让便坐在了主座上，结果这件事一直被当作新局长的笑柄抑或丑行在坊间议论至今。

我是不大讲规矩的人，身边也有几个厌恶繁文缛节的同怀，常常在私下聚会上便有意打破这些规矩，别出心裁地按年龄坐，按女士优先坐，按女男搭配坐，等等，也其乐融融。

友人李公，当过某国营大宾馆的总经理，深谙此中圭臬，无论多大场面都撑得起来，且滴水不漏，宴席上便少不了他的运筹周旋。他记性好，见面熟，知道官场上的贵贱，知道商场上的高低，知道名利场上的尊卑，也知道社会各界的长幼，安排的座次便无可挑剔。有了这个本事便也有了特权，常常要些小把戏将他看重的人推上一位或者将他不待见的人推下一位，上下只在一椅之间，而又有充足的理由，别人没有什么察觉，只是当事人心里小有不快而他则大呈得意之色。当然，他也有犯难的时候，遇上两位不相上下又不好得罪的宾客，他往往就不那么得心应手了。这时候如果我在场，便将我夹杂其间以释嫌解困。我常说，我就是麻将牌的“惠儿”，当啥都行。玩笑。

玩笑也别掉以轻心，诸公若有幸参加饭局的时候，特别是有官员在场的情况下，还是留个心眼为妙。

2010 年 2 月 10 日于桑梓轩

饭局上的酒官司

逢饭必有酒，在许多饭局上，酒总是扮演着主要的角色。酒文化的主旋律便是敬酒，敬酒规矩因地域而异。譬如内蒙古是姑娘举着金杯银杯在你面前锲而不舍地唱歌，你不喝她不走；譬如东北是“右手端杯朝左转，全封闭带甩干”；再譬如河南敬酒是先让你喝三杯。这看来不公平，究其根源却极有人情味儿。那时候穷，酒有限，当然先让着客人喝了。

在京言京。京城的敬酒似乎斯文些，也公平些。第一杯酒当然是主人或者特邀主座上的贵宾先领，算是开席吧。然后就是依次给居于首位的领导敬酒，一般是紧挨着领导左右的人先敬，可以不离座位，甚至可以不站起来。因为能与领导毗邻的也是有身份的人。主座左右敬完了，便不分座次了，多是末座者抢着来到领导身后，领导亦可起身，亦可不动屁股，看对方的身份和年龄。所谓敬酒，其实就是碰杯，这可是有大讲究的。你去敬酒，杯子一定往下碰，你的杯口大约碰在被敬者的杯腰处，然后一口干掉，算是恭而有礼。

给领导敬完了酒不能回到自己的座位上，顺势依次围着桌子转一圈儿，叫作打一个“通关”。关于这个规矩，我用两句话概而括之，一是“争先恐后”，二是“面面俱到”。

打“通关”不仅仅是敬酒了。要充分凸显“通关”二字的玄机，字面上讲，便是“疏通关系”，这多少引进了些许西洋酒会上的形式。敬酒时因为是相对独立，便可说点儿悄悄话、亲热话，甚至也可以谈些拜托的大情小事。举着酒杯一下子把关系拉近了，什么事都好商量。

领导也要挨个敬酒，或者叫回敬，但不必站起来打“通关”。有两种办法：一是举着杯叫着你的名字“过电”，就是用酒杯在面前的桌边上磕一磕。你呢，可以同样地“过电”，尊重一点儿便站起身来，举起杯子向领导致以感激之情。有时候，领导限于酒量或者嫌麻烦，也可以将桌上的人分分类，统而笼之地敬几杯便可。

说到酒量一定会令人望而生畏。现在请客吃饭都讲究开大桌，一桌十几个人，你每个人要敬一杯吧，每个人还要敬你一杯吧，加起来就是二三十杯，谁有这么大的海量？所以我说京派喝酒相对斯文一些呢。这里面有两个“偷手”，一是倒酒时多用大杯，你可以端着大杯去敬酒或接受敬酒。大杯不必干，喝一口便可，口大口小自行掌控。讲究一点儿的是用分酒器倒小杯喝，这样你去打“通关”的时候，端着分酒器还要举着小杯，用小杯敬酒。相互也劝，但不过分，甚至还嘱咐对方“少喝点儿”，或者说“我干了，您随意”。

笔者的经验是，越是大的场面越不容易喝多。大场面肯定会有一些不大熟悉的人，客客气气，亲亲热热，话到礼到，酒则点到为止。容易喝多的是同事朋友间聚会，又有规矩又不按规矩办，呼五喝六，轮番轰炸，割头换颈，义薄云天，从豪言壮语到胡言乱语到自言自语到低头不语。

酒类似于人体炸弹，你想用它去摧毁别人，牺牲的却是自己。

2010 年 2 月 11 日于通州

饭局上的捧与逗

进国外的餐厅如夜近槽头，无论有多少人在就餐，感觉到的只是沙沙的咀嚼声。我是说感觉到的，并非真正听到的。也有人在交谈，亦如闺房密语，丝丝如缕绝无聒耳之噪。而我们国人的餐馆则不同了，大餐馆如大市场，小餐馆如小市场，且胜于市场，呼天喊地排山倒海汹涌澎湃。时下尊孔风潮又盛，盛到将孔庙搬到国外办学校、将圣人推向银幕赚钞票的地步，然而连老夫子“食不言寝不语”的圣训都当鸡肋扔到餐桌下面去了。

回过头来说单间雅座，这里虽无市声之喧哗，却也此起彼伏热闹非凡。当然，雅座总有雅处，这里的热闹是有层次的，有主旋律的，有抑扬顿挫轻重缓急起承转合的。掌控主旋律的主唱当然是居于首座的领导或曰首长。领导放下酒杯开口说话的时候，全桌的人都要举目聆听。不光聆听，还要随声附和。不管领导说的是什么，都要看成是“重要讲话”，都要看成是“思想”，而“思想”是圣明与神圣的。假若领导兴之所至讲了段笑话，无论可笑不可笑，大家都要笑，不但要笑，还要说精彩并借题向领导敬酒。大多数情况下，领导讲的笑话是老掉了牙的。再有领导平时面孔绷得僵死了，很难有讲笑话的天分。他讲笑话不过是做出一副与民同乐的姿态，心里明白就行了，不可认真。

糊弄好领导之后，别的人也需要说话。酒桌上说话虽无定规，却也有俗则。不管你的话有没有新意，幽默不幽默，精彩不精彩，切忌长篇大论，一定要给别人留下说话的时间。话语权如同饮酒一样，你不能抱着酒瓶子咕咚咕咚往自己肚子里灌，应该学学河南人谦恭有礼，先让别人喝三杯。我有个朋友，无论说什么事情都是从头说起，前因后果中间过程拐弯抹角连吃带喝铁笊篱不漏汤，两三句话能说清楚的不值一提的闲事，他能给你侃半个钟头。他兴致勃勃地说，你还不能顾自夹菜喝酒，怕他感觉你不尊重他。人是好人，毛病却也不小，都不愿意跟他一起喝酒，除非有能封得住他嘴的人。

酒桌上说话是一种交流，交流是多方开口的，是大狗要叫小狗也要叫的。但是交流也是有主有次的，是有捧逗关系的，领导在场，逗角永远是领导。即使是属于自己发言的时间，只要领导一开口，众人都要进入捧的角色，把话语的主动权还给领导。一次，一个小哥们儿说兴奋了，领导要说话了，他的嘴还不闭上。于是领导恼了，暗暗地嘟囔一声，这孩子不懂事。假如“这孩子”是这位领导的属下，其后果是可想而知的。

酒后吐真言，言多语失，酒桌上常有恶语相加、拳脚相加、摔盘子、抽嘴巴等翻脸无情的事件发生。童言无忌，酒言亦无忌，失了口要想办法找补回来。为了热闹有时会说一些“险语”，“险语”一定要考虑好设计好再开口。一次余与某领导共饮，酒过三巡忽然放肆，曰：某领导不是什么好人。举座皆愕然，面面相觑目光直射过来。又曰：当然也不是什么坏人。依然沉寂无声，大有提心吊胆之态。再曰：他是什么人呢，他是“一个高尚的人，一个纯粹的人，一个有道德的人，一个脱离了低级趣味的人，一个有益于人民的人”。至此，众皆大笑齐称精彩。

应该注意的是，酒桌上不能因言伤人。一是要清醒，雅俗得当，把握分寸；二是要控制，不可信口开河；三是席面上有“外人”在，一定要给朋友面子，即使最好的朋友，也不要开有损其形象的玩笑。

酒是个女妖，她能把你蛊惑得迷迷瞪瞪，腾云驾雾，得意扬扬，也能将你推进陷阱和深渊。

2010 年 2 月 11 日于通州

酒与酒饵

酒饵，酒之佐饵，亦称酒菜，下酒菜。

读初中时学鲁迅的《孔乙己》，老师讲到孔乙己买一小碟茴香豆佐酒，便说旧社会的读书人如何贫困潦倒寒酸云云，我们便颇不以为然。须知在那贫穷的小村小镇上，我们见到的比孔乙己贫困潦倒且寒酸的酒徒比比皆是，不必少所见而多所怪。

猫爷算是最阔气的饮酒人，把一角钱交给酒铺老板，买一两半酒、半块酱豆腐，用舌尖舔酱豆腐，用唇边咂酒，优哉游哉，却能在酒铺里消磨大半天的时间，直到暮色降临，才心满意足地回家。

狗叔总是从家里偷出来一个新下的鸡蛋，只买酒，不买酒饵，跟老板要一个大盐粒。亦是舌尖舔盐，唇边咂酒，且神色悠然如仙。

猪伯更绝，连盐粒也不用，不贪老板的便宜。他自带一根铁钉，酒打在碗里，便从兜儿里摸出铁钉。于是，舌尖舔着凉丝丝的铁钉，唇边咂着或苦或辣的烧酒，也入得一个神仙境界。

轮到我学饮酒的时候，便不这么贫困潦倒且寒酸了。到了酒席上，我总要说，醉翁之意不在酒。在什么？在吃菜。酒席上总要有十个八个的冷荤热素，初学饮酒，没瘾，饮酒只是做做样子，吃菜才是真的。如果不饮酒光吃菜，显得名不正言不顺。咂一口酒，便可以理直气壮地吃菜了。酒什么味道且不去管它，佳肴倒是吃得津津有味儿。

后来饭局渐多起来，酒越来越高档，菜也越来越丰盛。酒从二锅头到五粮液到茅台到酒鬼到洋酒，从几元钱一瓶到数百数千数万元一瓶。菜也是从冷荤热素到鸡鸭鱼肉到生猛海鲜到奇珍异兽，从十数元一桌到成千上万元一桌，百姓有谣云：一杯酒，一桶油；一顿饭，一头牛。

酒菜的档次提高上去了，饮酒的风格却堕落了，甚至堕落到饥餐暴食、茹毛饮血的野蛮时代。再也见不到那种舌尖舔饵，用唇边咂酒的斯文了，个个是牛饮狼饮龙虎饮。感情深，一口闷。左手端杯朝右转，全封闭，一甩干！无论是文人墨客，还是高官巨贾，都变成了江湖英雄一般，一扬脖，杯见底了。至于酒是什么风格、什么品味、什么特色，没有人在意，也没有人计较。舌头和嘴唇统统下岗了，酒是通过食道直接灌到胃里的。因此，无论什么酒，都是烈火烧心，烧得人人热血沸腾，慷慨激昂，壮怀激烈。酒没尝出味道，菜则更被忽略了。往往一餐下来，桌上的山珍海味还未曾动箸。酒如此饮法，真是暴殄天物。

总说酒文化，可是饮酒的作风却越来越显得没有文化。酒如茗，细品方知其味；酒如乐，久闻才见知音；酒如女人，深交才晓真性情。三五知己，数碟小菜。或举杯邀月，或雪中赏梅。酒不必名酿，唯淳洌足矣；菜不必浓荤，只可口亦足。以舌尖调味，以唇边品香。微醉即止，渐入佳境。细细品味造物主赐予人间的美味佳酿，如同细细品味生活的苦辣酸甜，亦如细细品味人生的个中三昧。

如是，真酒徒也。

1999年8月12日于桑梓轩

饮食礼仪与分餐制

在中国博大精深的饮食文化中，除了“食不厌精，脍不厌细”的烹饪技术之外，还应该包括更加意味深长的饮食礼仪。抛开皇家和上层官场的繁文缛节不论，光是我们所亲尝眼见的民间与下层的大大小小的酒席会餐，亦可窥一斑而见全豹。

逢宴必有酒，席面丰富，过去讲究是鸡鸭鱼肉，“二八席”“三八席”，现在讲究的是生猛海鲜、水陆杂陈。或许席面简单一点儿，但礼仪是不可少的。一番拉拉扯扯、谦谦让让之后，分宾主落座。酒席上人再多、人员的成分再复杂，亦可简单地分为两种，即主和客。

主和客在酒席上的位置不同，任务亦不同。反客为主，客人的任务就是吃，吃好、吃饱、吃出滋味儿来。而主人的任务主要是陪好客人。低着脑袋横胡噜，不管客人吃好吃歹，是最大的失礼，酒席上的大忌，或者说是不懂事的混账。主人可以先拿筷子，可以先夹菜，但是夹起来菜不能往自己的盘里放，要先放进客人的盘里。这叫“布菜”，待客的重要和主要的程序。越是隆重的场面，越是尊贵的客人，“布菜”越要殷勤。一顿饭下来，往往客人肚饱腰圆，陪客的主人却还闲着半副肠子，等客人走了以后再找补。

酒席上的客人是服务对象，是被伺候的人。客人面前的盘里或碗里总是满的，也不管你客人什么口味，也不管你客人忌讳什么，反正桌子上所有的菜客人的碗里都要有。厨师花了那么多的功夫做出的美味佳肴，一盘盘风格各异，色香味俱全，可是到了客人的碗里就成了大杂烩、折罗。不要说吃，看着都恶心。与其如此，厨师干吗不把所有的肉菜放进大锅里乱炖呢？更让人恶心的是，往你碗里“布菜”的不是一个人。凡是在桌上的，几乎都要表示一下，用一双双筷子往你碗里或盘里夹菜。每一双筷子都黏黏糊糊的，从每一张嘴里进进出出多少遍了。上面的残渣剩饭、馋涎唾液哩哩啦啦，这样的筷子给你夹的菜你还敢吃吗？我曾经看见一个相当级别的领导给一位小姐夹过一只精心挑选的大虾，那小姐却不领情，悄悄把那只大虾扔到盘子下面去了。都说礼多人不怪，不尽然吧？

更可怕的是敬酒、劝酒、灌酒。每敬一次酒都要站起来碰杯，十几条胳膊在席面上晃动着，十几个酒杯在席面上滴滴洒洒。杯里的酒、胳膊上的飘浮颗粒物都汤汤水水地洒在盘里碗里。觥筹交错，碰杯的时候，更是风雨飘摇天女散花。酒过三巡，桌上的菜再不是原来的色彩模样，不知道勾兑成什么了。

更有甚者就是祝酒词、打酒官司。子曰“食不语”，不知道为什么这条千年前的“圣训”就一直贯彻不下去。酒劝得如火如荼，酒官司打得轰轰烈烈，慷慨激昂，震耳欲聋，唾液横飞，吵炸了屋顶。嘴的三种功能是吃饭、说话和接吻，酒席上都发挥到了极致。或许你说酒席上很少见到接吻的，可是每个人嘴里的物质和味道不都是通过筷子、飞沫最大限度地交换过了吗？不是接吻，胜似接吻。还有的人总是喜欢占领席面，探着身子斜在你脸上，伸着胳膊压在你胸脯子上，隔着你跟人说话，他的脑袋、嘴巴就伸在你的盘子上面，完全无视你的存在。他给人家敬酒，杯子里嘴里的东西便胡乱地洒在你的身上和餐盘里。

还有更让人无法容忍的，有的人总是习惯用自己的筷子扒拉盘里的菜，似乎每一盘菜都没拌好，需要他重新拌一遍。不是一遍，每逢盘子转到他面前，他都要重新开始，似乎上一次自己没拌好，需要再重新返工拌一遍。凉菜需要拌，热菜甚至炖菜他也拌。拌完之后，便挑来挑去，抄底儿翻腾起来。中意的夹过来，不中意的扔在盘里重新挑。这种事情如果要是一般人做的，应该会有人出来委婉地提醒的，恰恰是酒桌上最大的领导有这种癖好，谁敢吱声？我甚至还亲眼看见，那位领导酒喝得尽兴了，还把假牙摘下来放在面前的一个杯子里用矿泉水泡……

酒席上的这种乌烟瘴气乱七八糟你中有我我中有你，不要说讲究文明就餐的西洋人忍无可忍，就是一些稍有健康意识的国人也要恶心反胃了。可是谁又能站出来反对呢？礼仪之邦，礼仪成了国粹。你反对礼仪，说这样不讲卫生、不文明，那还不死定了？

说到这儿，使我们想起了西洋的分餐制。麦当劳、肯德基的引进，使国人体验到了礼仪之邦外的另一种就餐文明。此种就餐文明也确实悄然地微弱地冲击着我们泱泱大国的饮食文化，特别是饮食礼仪。近来各级政府召开会议，很多地方吃自助餐。吃的时候却众说纷纭，有的说好，有的说不习惯。不习惯在什么地方？一是要自己动手取饭，以往吃饭总是要有人伺候的，自食其力使不少人心里不平衡；再有吃饭的时候太寂寞、太单调，中国人吃饭讲究个亲情，各端一盘饭自吃自饮少了多少情趣？于是有的人把自助餐又用大盘装好，再放餐桌上凑成一席，又互吃互敬互劝互喝起来。几千年沉淀的文明与习惯竟然有如此巨大的势力和如此博大的包容性，这还只是用餐，别的呢？

是SARS疫情使人们认识到了过分亲密接触的危险，于是人们戴起口罩，许多饭店也搞起了分餐制。只有被死亡威胁的时候，习惯才能甘拜下风。分餐制终于出现在了国民餐桌上。这餐桌也只限于公共场合的公共就餐，家庭呢？实行分餐制的有吗？没听说。

再有，SARS过后呢？

2003年8月17日于通州

天下无巧难成书

每个人都会遇到一些不可思议的巧事，但巧到我与华敬俊这个程度，便让人难以置信了。

1991 年 11 月 30 日，周六。通州汽车检测场派车送我去天津百花文艺出版社，家住在北京国际饭店附近的一位朋友想陪同前往，我便弯路去接她。当年我写了一部长篇报告文学《生命之光》，正文已经校稿，此行天津的目的是送交封面设计、封面题字、照片及序言、后记等材料，装在一个档案袋里。天气比较冷，我穿得有些臃肿，坐在副驾驶座上。

《生命之光》这部作品写的是通州的一个传奇人物，领导及朋友都非常重视。由当年的县委书记卢松华作序，常务副县长张世光题写书名，画家华敬俊完成封面设计，摄影家李松江拍摄照片。出版社计划来年 1 月份出书，急等着这些材料。

到了出版社，我顿时傻了，所有的材料都不见了。我们是一路开车过来的，中途根本没有停车。这些材料是怎么丢失的，我甚至怀疑早上出门时忘记带了。打电话给家里，妻子帮助找，家里没有，是否会遗落在院子里，还到门房去问。

我如何着急郁闷便可想而知了。当年没有现在的扫描付印技术，手写手绘的只有原稿。好在序和后记是打印稿，照片有底片，封面题字还有备用的。难的是封面设计，是不可能存有底稿的。我与李松江商量，只有去求华敬俊再重新设计一份。还不能说把原稿弄丢了，那样显然对他太不尊重太不负责任了。李松江陪我去找华敬俊，转弯抹角地说，你设计的封面尺寸不合适，需要重新画一稿。

华敬俊问我，尺寸不合适是谁说的？

我说，当然是编辑说的了。

他又问，编辑看到我的设计了吗？

我说，当然看到了，要不怎么会说不合适呢？

华敬俊从自己的抽屉里掏出一只牛皮纸袋子，递给我。我一看，惊得六神出了七窍。这正是我准备交给出版社的档案袋，急忙打开，所有的文件都在里面，一样不少。

这些东西是怎么跑到华敬俊手里的呢？

当年他在中国社科院上班，地址就在国际饭店的后面。他早上从通州出发，乘坐322路公交车，到方巾巷站下车，朝单位走去。路边围着几个人像是在看什么，他也是好奇，凑了过去。那几个人托着一个牛皮纸的档案袋，一件一件地从里面抽看着。华敬俊觉得这些东西眼熟，凑得更近些。终于他看到从档案袋里抽出了自己设计的封面，于是他说，这些东西是我的。众人用怀疑的目光看着他，他指着封面设计上的署名说，你们看看，这个名字是华敬俊吧？他又掏出工作证，你们看，我是叫这个名字吧？

丢掉的东西是可以失而复得的，但是这样地得到，这也太巧了吧？事后我想起来了，接到那个朋友的时候车门打不开，我下车去给她开车门，可能把放在座位上的档案袋碰掉在车下了。

此事已经过去三十年了，我们见面时常常提到此事，我也常说要把这件事写下来，可是一直没有动笔。直到前天晚上，我们俩与几个朋友聚会，又忆起此事。今天打开电脑，不能再拖了，还是先把这件奇事写下来吧，以完成多年的夙愿，也是为了纪念我与华敬俊先生的一段友情。

2020 年 6 月 1 日于武夷花园

大理的平安夜

到大理那天，恰好是12月24日，野夫说大理的平安夜很热闹，类似于西方的狂欢节和西双版纳的泼水节，我想象不出来。

从下午两点多钟开始，大理古城便开始交通管制，所有车辆都从大街小巷消失了，取而代之的是沿街巷两旁摆起了各种各样的小摊儿。摊子都很小，多是一箱一柜一人。有的是鲜花，有的是香包儿，有的是圣诞老人的红色尖帽儿，更多的是一箱箱的小炮弹一样的塑料罐。不知道是干什么用的，也没顾打听。那天正好四川电视台的小李来采访野夫，晚饭后我们一起去酒吧。

大理的酒吧是非常有名的，最有特色的是洋人街和人民路。酒吧是临街的小店，里面亮着缠绵的灯光。店面外面还有一些当街的座位，故意用原木制作的原始性的桌椅，很粗糙，很古朴，很有味道。大理泡吧那才真正叫“泡”，从下午到午夜，甚或到天亮，是赖在酒吧里不走的。酒吧里不仅有酒，还有套餐零点，不愁肚子问题。前来泡吧几乎都是客子，很少有本地土著。有偷闲避嫌的文人，有长住短留的游客，有特意来疗疾养神的病夫。据说某公久居成都患了湿疹，来大理租一居室裸身日光浴，大冬天的竟然中了暑。还有一条被称作洋人街的巷子，两旁的酒吧充满了异国情调，洋味儿十足。那些整天泡吧的洋人成双结对，还常常在自己的台位上摆些自己制作的小工艺品出卖，几乎无人问津，要的是摆出一副生意人的样子。无论国人还是洋人，在大理泡吧的几乎没有富人，大多是阮囊羞涩之辈。包括洋人，他们有幸生在高福利的国家，领了退休金保险金失业补助金，在本国花费可能捉襟见肘，来大理却能过上神仙的日子。

大理的酒吧穷人多，文人多，洋人多，怪人也多，因之由酒吧传出的和演绎的故事也多。那恍恍惚惚若明若暗的灯光，那摇头晃脑装腔作势的身影，那慷慨激昂纵谈天下的宏论，还有那隐身下山的高士、微服监侦的公私密探……形形色色林林总总，生活在这里变得诡秘，人在这里变了形态，有如毕加索笔下那些支离破碎神秘莫测的肢体。在这诡秘和变形的世界里，总免不了浪漫的事。一位友人在唐朝酒吧的“艳遇”，至今令其萦绕于怀，若鬼魅缠身。

平安夜的酒吧却突然明亮起来，喧闹起来，每个酒吧前都挂满了通红的灯笼，酒吧外面到处是缕缕行行的人流。我们想早去占个好位子，还是去晚了，个个吧间都是宾客满盈。我们只好另择栖处，穿街过巷来到红龙井。这里是古城风光最美的地方，一条小溪从苍山奔泻而来，洗阶漱石摇花弄影，潺潺如鼓瑟之声，缠缠亦如彩练之舞。溪流两旁的铺面，依山形而起伏，傍溪水而蜿蜒。溪涧有卵石之错落，有巨岩之盘踞，有拱桥之飞跃。溪两旁大串大串的红灯笼，灯光浮游于溪水间，闪烁着梦幻般的奇光怪影。

一座盘龙铜亭，一株古榕，一丛翠竹，几孔小石桥，将红龙井拓展出一片开阔地。从街心伸出了几条臂弯似的小巷，巷口处已经搭建成了舞台，鼓手乐手和捧着吉他的歌手已经登台演出，歌声、乐声震耳欲聋，却着实烘托出了节日的大氛围。我们选中了 99 吧门口的一个位置坐下来，近可以听吧内的音乐，远可以观满街的灯火人流。大理冬天的夜晚还是有点儿冷的，每个酒吧的门前都燃起了锅火。这锅火是我命名的，一个大铁锅，里面点燃的是松枝和劈柴。戴着红尖帽子的美丽少女不断将木柴扔进锅火里，鲜红的火光舔着她那娇艳的脸庞，令人不禁怦然心跳。

我以为这便是大理的平安夜，喧闹、奇异、眼花缭乱，还有几分温馨。一瓶红酒喝完了，小李对野夫的采访也结束了。野夫说，咱去看游行。

怎么还有游行？

出了十字街巷便进入了古城的主街道，满街都是人，满天飘的都是雪花，满灯光里都是追逐、嬉闹和欢笑。穿戴绲边白裙彩帽的白族少女，西装革履的洋人商贾，戴着红色尖帽的八方游客，都拥拥挤挤地混在一起随波逐流地移动着。人流相向而行，或成双结对，或三五成群，或聚集一团。每个人手里都举着攻击的武器，好多人还是双枪。武器便是小摊儿上卖的那种小炮弹塑料罐，从塑料罐里喷射出来的是白色的雪柱，雪柱喷洒在人的身上便会立即变成雪花。以风花雪月著称的大理却是如此这般制造了飞雪。还没容我完全明白怎么回事便遭到了袭击，那桃花般的笑颜冲你投来妩媚的同时，却举起手中的武器朝你的脸上猛烈地射击。一人首发，众皆相随攻之。一股股雪白冰冷的泡沫便喷到了你的脸上，封住了你的眼睛，继而你的身上便被雪花覆盖起来，变成了一个雪人。

人既犯我，安能“行以待毙”？野夫立即从人群边缘处的小摊儿上买来武器，分发给我和小李。我们双手握住射击罐，一边摇晃一边寻找目标，一个美女迎面走来。我和野夫先发制人立刻朝美女的脸上喷射，当一股白雪的泡柱射向美女的时候，还没容我们看清美女的狼狈样儿，便遭到了猛烈的反攻。十来支喷罐一齐朝我和野夫喷射。原来美女有一个庞大的护卫队，我们不自量力，没有看清目标便贸然进攻，招惹了灭顶之灾。于是我们立刻调整战略战策，采用偷袭的方法，窥视战机。两个美女正在采购武器，趁她们掏钱的时候，我们猛烈进攻，两个美女立即变成了雪糕面孔，她们惊恐尖叫求援之际，我们立即逃之夭夭。我躲在野夫身后，迎面挤过来的挽着男人的少妇正在得意扬扬，我便近距离地朝她脸上喷射出了雪柱，少妇的男人见自己的女人遭到了袭击，以为是野夫所为，便朝野夫一通狂轰滥炸，野夫只好抱头鼠窜。而我正在得意，却不想被两个少女迎面扫射过来。

这是一场战争，人人都是战士，人人又都是被攻击的目标。随时都可以取得意外的惊喜和胜利，随时又都可能成为众矢之的。这是一场游戏，没有游戏规则，无论男女老少，谁都可以毫无顾忌地选择攻击的对象，谁也都有可能随时遭到攻击。没有男女之别，没有尊卑之分，没有亲疏之隙，没有老幼之忌。人与人之间什么时候、什么情况下才能如此亲近、如此两相无猜呢？

大理的平安夜，弥漫着硝烟火药的战争之夜。而硝烟火药带给人们的却是无与伦比的振奋和喜悦。几十年的成败得失，一年到头残酷的纷争竞争，十二个月的忧愁、郁闷和烦恼，都随着白色的雪浆痛快淋漓地喷射出去了，化作了雪花，化作了雾气，化作了欢笑。人们尽情地嬉闹攻击，为自己荡心抒怀，为别人祈求平安。

第二天上午，石板街上处处汪着雪水，像下了一夜不小的雨。强烈的高原阳光照在湿淋淋的街面上，有些刺目。眩晕恍惚中仿佛依然身处癫狂的夜晚。

大理的平安夜，大理人的狂欢节。

2009 年 12 月 25 日于大理蘭林阁酒店

走不出的江湖

一

最早对江湖的兴趣和较为详尽的了解源于阅读连阔如先生的《江湖丛谈》。这真是一部奇书，里面所讲的故事及规矩见所未见，闻所未闻，令人脑洞大开眼界大开。后来经常与一个曾经卖过篦梳的老者闲谈，听到一些春典切口，感到很新奇，难道卖篦梳的也属于江湖人士？后来才知道，在江湖上，卖篦梳的还是有着很高的地位的。

大到市县小到乡镇，江湖上有一种组织叫作“长春会”。每逢庙会集市或专门庆典之类的活动，“金、皮、彩、挂、平、团、调、柳”等各门各派的江湖人士都从四面八方趋之若鹜云集而来，为的是讨口“生意饭”。江湖上讲规矩，规矩繁杂且有条不紊。譬如，江湖上的生意分文生意和武生意。说快板的、唱大鼓的、卖刀剪的、算卦的、相面的，都是文生意；变戏法的、拉洋片的、耍狗熊的、打把式的，都是武生意。文武生意要分开，如果几档子文生意夹杂着一个武生意，锣鼓乱响，文生意说的唱的都听不见了，这叫乱了规矩。还有，两档子变戏法的，两档子卖药的，两档子打把式的，中间都要隔开。因为地方狭窄或没有别的生意相隔，也要拉开一定的距离。这叫作“相法”，“相挨相，隔一丈”。

这些规矩的施行和监督，总得要有人管的。江湖上各门派，都有自己的“老大”，都有自己的领袖。但是横向联系，便没有一个严密的组织。谁来管事呢？卖篦梳的。来自各地的“生意人”到了“长春会”，要向卖篦梳的“挂单”，要听从卖篦梳的安排和指挥。这就是规矩。

由此看来，所谓走江湖的，是一群身怀技艺或骗术、四处谋生觅食的游民。几乎囊括了士、农、工、商之外的所有自食其力的人。用现在时髦的术语，他们属于体制外的人。

二

在相当长的时间里，我们的生活实现了“大一统”，几乎把所有的人都归入了“体制内”。工人有工厂，农民有生产队，商人有单位，官员有组织。而那些游走江湖的边缘人物，也基本上是神的归庙、是鬼的归坟了。

没有人能逃离“体制”，因为每一个人都有一个固定的位置，你动弹不得。没有“介绍信”，你不能买火车票，不能住旅馆，不能从事任何可以谋生的事情。更要命的是，你离开了自己那个位置，没有人再发给你粮票、布票、购物票。你到饭店吃饭，除了付钱，还需要付粮票。粮票还分为地方粮票和全国通用粮票。“介绍信”绑住了你的脚，粮票管住了你的肚子。脚动不得，肚子饿着，你能去哪儿？即使是外出讨饭，也要由生产队开封介绍信带在身上，否则抓住了你就是“盲流”。“盲流”是要被遣返回乡的。

这样好吗？很好。什么事情都有人管，你什么心都不用操。自幼生下来，你就有了一份口粮；该上学的时候，有人送你去读书；书无论读得好坏，也不管你读多少，只要你不想读了，就有人给你一份工作；有了工作可以挣工资或挣工分，到了婚嫁的年龄，还有人给你张罗对象，结了婚你也可以理直气壮地申请住房。当然，农民除外。

中国人永远是长不大的孩子，家里有父母管，外面有组织或单位管。有比天大地大的“恩情”，有比爹亲娘亲的“组织”，复欲何求？什么事情都依靠领导，领导即成年后的父母。多么幸福的大家庭呀！

当时我特别不理解一句话，在家靠父母，出门靠朋友。没事我们出门干什么？出了门也没有必要靠朋友，有组织管有单位管，谁怕谁呀？

体制是铁饭碗，摔不碎打不烂。更主要的是，铁饭碗基本上是可以一碗水端平的。你的碗里是糠，我的碗里也不会是菜；你的碗里有肉，我的碗里也素不了。只是，铁饭碗里的菜食多数时候是填不饱肚子的，谁都吃不胖，谁都饿不死。当然，要饿死都饿死。

三

据说“江湖”一词最早是庄子说的，“泉涸，鱼相与处于陆，相呴以湿，相濡以沫，不若相忘于江湖”。

两条鱼困在陆地上，用口里的唾液互相滋润，苟延残喘，爱是爱得感天动地，可是离死也不远了。如果能够到波涛浩荡的江湖中，哪怕是残忍地分开，互相忘记，至少能各自活命。

让两条困在陆地上的鱼离险境，唯有一场疾风暴雨，冲刷干涸，涌破沟壑，直向江湖。

这便是伟大的改革开放！

改革开放首先冲击的是体制的樊笼，打破的是铁饭碗，激发出来的则是游向江湖的欲望和勇气。

一些大大小小或不大不小的领导者长期被体制供养着，生存的技能便慢慢地退化了。他们出门有车，出差有跟班，衣食住行都有人安排，到什么地方都有人接待。退休了免职了或者改革了，他们便恐慌起来。在自己居住的城市，不会坐地铁，不会乘公交车，外出不会买火车票或飞机票，到了一个陌生的地方，还总是习惯性找关系求接待。一个科长，春节期间带妻子和女儿进城，说不开车了，体验一下公交。上车之后，他掏出一元钱，说买三张票。售票员不解，他说，不是一张票一毛钱吗？一张票一毛钱，还是二十多年前的价钱，现在已经是一张票两元钱了。

我常常嘲笑他们，说他们是圈养的，放出来便不会自己找食吃了。我虽然也是体制内的，但我是放养的，至少不至于饿死。

四

三十年前有一个很响亮的口号：下海！

下海便是下到江湖里。

是的，江湖浩渺，波翻浪滚，海阔天空。天高任鸟飞，海阔凭鱼跃。在大江大河里，在风口浪尖上，是可以大显身手、大有作为的。

多少人下海发了，从一个让人嗤之以鼻的穷光蛋、个体户摇身变成了企业家、老总、老大、亿万富翁。这个世界转眼间就变了，变得天翻地覆，让人眼花缭乱。

还记得十亿人民九亿商吗？还记得“双轨制”的时候举国买卖“批条儿”吗？还记得十万大军下海南吗？还记得雅宝路、秀水街的服装批发市场吗？那是什么局势？封闭贫穷的中国大地上，似乎到处是黄金，到处是钞票，到处是机会。

我有一个朋友，本无心当“倒爷”。他从西单商场买出来两条牛仔裤，拎在手里往回走。到了西单路口就被人拦住了，以为他是卖牛仔裤的，问多少钱一条。他原本是六元钱买的，随口说八元，对方连价儿都没讲，立即买走了。于是乎，他只好又回西单商场，买了四条。回到西单路口，依然卖出去了。他如梦初醒，原来赚钱如此容易。便立即凑了些钱，南下广州趸回了牛仔裤和其他服装，很快便积累了第一桶金。正式辞职下海，当起了名副其实的“倒爷”。

小时候到河边割草有一个体会，第一个到来的人，看见碧草丰茂铺天盖地，于是挥镰收割，不一会儿就是一大筐。第二个人到来的时候，河边上的草还有许多，也任意挥镰，其乐融融。第三个第四个人到来的时候，草被割得差不多了，他们要到边边沿沿的地方去寻找，勉强也能割一筐。再后面来的就惨了，草地基本光秃了，他们只能割二茬割地皮了。

谁先下海谁先发财，这靠的是运气，更是勇气。看着别人发财眼红的人，跟着下海想发财的人，除非有绝顶的聪明和实力，便没那么容易抓到机会了。

下海发财的大有人在，下去呛几口水又爬上来的大有人在，一猛子扎下去直接淹死的也大有人在。

江湖险恶。

五

江湖险恶，不仅仅表现在发财的机会和厄运上，更主要的在江湖中生存的艰辛与技能。

体制内有清官有贪官，有能员有恶吏。江湖上，更是鱼龙混杂黑白两道浪险风高。

有正经做生意的，就有趁火打劫的；有诚信忠厚的，就有歪门邪道的。有吃草的骡马，就有吸血的蚊蝇；有规规矩矩的良民，就有蝇营狗苟的败类。有君子就有小人，有贤良就有人渣。

然而无论什么人，在江湖就要懂得江湖之道。人在江湖，身不由己。江湖讲的是规矩，不懂规矩有人让你懂，违背规矩也有人惩罚你。

如果说，体制讲的是“法规”，那么江湖讲的是“道义”。

“道义”分有形的和无形的，有形的清清楚楚，无形的明明白白。如洪门讲“三十六誓”，青门讲“十大帮规”，哥老会讲“红十条”和“黑十条”，“风、马、雁、雀”四大门和“金、皮、彩、挂、评、团、调、柳”八小门都有各自的规矩方圆。帮会里都有“家法”，“家法”的实行和严厉远远高于“体制”内的“惩前毖后治病救人”。

而今的江湖上帮会已经遁迹，但是“道义”和“规矩”还是要讲的，必要的时候，还是有人站出来讲的。

江湖上结了怨，靠杀杀打打冤冤相报是解决不了根本问题的，除非你找死，除非你不想在江湖上混了。尽管江湖恩怨是武侠小说的主题，但是武侠小说替代不了江湖“规矩”。总有人站出来摆平的，吃“讲茶”喝“和酒”。有人出来主持公道，有人左右捧场，当事双方则需要“给面子”，这叫“识好歹”。

江湖上有人遇到了困难，有过不去的“坎儿”，或者是明显地受人欺辱遭人陷害了，也会有人站出来“行侠仗义”。有个老板，几个亿的资产，在澳门赌输了，欠一位朋友八千多万，人家带着人来了，没有钱就要他的命。我的朋友站出来了，给双方讲和，拿出自己的钱替那赌徒还了债。当然，这债也不是随便还的，也是有条件的。

有的人号称“江湖老大”，有的人是一方的“霸主”，有的人成为四方朝拜的“码头”，这叫作江湖地位。

江湖地位的形成不仅仅是实力，或者说主要不是实力，而是在江湖上的作为。“仗义疏财”“扶危济困”“主持公道”都是必要的修为。

六

江湖老大是受人尊敬的，不仅仅江湖上有威望，在社会上也有一定的地位。

名声比钱财重要甚至比命重要，这叫“义气”。中国人大多是靠《水浒传》启蒙的，无论你信仰什么，“义气”是中国人的普世价值观。

有了这个共同的“价值观”，江湖与体制内便有了一条通道，便有千丝万缕的联系。这种联系不仅仅限于体制内与江湖之间甚至关联到每一个人。江湖上的“道义”与规矩，许多成了根深蒂固的做人准则，许多成了官场上的“潜规则”，许多成了普遍遵循的道德信条。

有个老板欠了我一笔钱，我想通过法律解决。知情的朋友告诉我，没必要，他也欠了某某一笔钱，要回来了。我问怎么要的，她说通过“社会上”的人要回来的。

所谓社会上的人，就是江湖上的人。

这已经不是秘密，强拆民居或者遇上难缠的“钉子户”，光靠说服动员是不行的，靠法律也很难奏效。怎么办？一般都请出“社会上”人前去解决，出了问题有人担当，有人站出来“摆平”。

体制与江湖没有一条明显的界限，但是又楚河汉界泾渭分明。对于百姓来说，更是离不开体制，也离不开江湖。如果说，体制是笼，江湖则是网。我们不是在笼中，就是在网里。大多数时候，我们既在笼中又在网里。

2016年8月23日于潞水东岸

浅尝辄止练气功

我对气功的兴趣，源于北京人艺的几位艺术家。那是20世纪80年代初，包括最近辞世的任宝贤先生在内，他们的修行已经到了让人感到神秘的程度。曹世骧兄教了我和锦云一种一指禅站桩功，我着实站了几天，后来觉得乏味，便放弃了。而锦云却站立至今，据他说管用。他还有一种理论，无论什么功，“坚持数年，必有好处”。有一次住国务院第一招待所开会，现在香港影视界供职的李惠生先生教会了我鹤翔桩，我练了三五个月，便不知不觉地放下了。

后来参加《花城》笔会，在广州筲箕窝结识了气功大师江波，我们同居一室，他的特异功能不大玄乎，因此使我信多疑少。他发明了一种所谓生命信息科学，说每个人的身体中都潜藏着特异功能，通过练气功是可以开发出来的。我设想着自己如果有特异功能，对于了解人了解社会将会是极有好处的。可他又说，通了大小周天开了天目，没有十年八年头悬梁锥刺股的苦练是不行的。我因馁怯而放弃了想入非非。

我总认为，气功乃至特异功能，是一种高层次的生命状态，是调整人与自然关系的特殊方式。什么事物只要一形成潮流，肯定会走形变味儿。近几年来人们用以佐餐的话题，除了金钱和女人，恐怕就是气功和特异功能了。传说越来越神乎其神，气功大师成了取代上帝的超人。我这个人总有点儿“唯物”，没见过的或想不明白的事情爱提出质疑。还有一点我不愿意接受，有些自称受大师亲传或“亲传”的亲传的“大师”们，一是在为人治病或办班授课时，自吹自擂后当众出丑又不能自圆其说；二是“黑”人家钱财。我也时不时地对这种现象“针砭”一两下。基于上述因由，有些朋友便把我列入了气功的反对派之列。这多少有点儿冤屈。

对于气功能健身和气功能治病，我不但深信不疑，而且还身体力行。除了上面谈到的一指禅站功和鹤翔桩外，我还正经八百地花过钱，非常虔诚地拜师进修过。

那是 1988 年夏天，我当时正在北京作协当“合同制”作家，颇有一种被人抛弃又寄人篱下的伤感之情，心境和身体状况都不大好，这时便想到了气功。记不清是听谁说的了，第二外语学院正在举办气功学习班，每期两周，学费十五元，我便前去报了名。

授课的是气功大师石松先生，他发明的气功叫作“生生至一”功。石松先生当时是某大学的讲师，在众多的气功大师中，出身于山林者居多，他从大学堂里走出来，仙风道骨中便又增添了一股儒雅之气，因而也更增加了他的气功的可信性。事实上，还正是他的气功理论首先吸引了我。

正是暑假期间，气功学习班在学校操场上授课，每天晚上七点到九点。我家当时住在通州城南，到第二外语学院有二十华里的路程。我每天晚上要骑着自行车一往一返，连饭都顾不上吃，也算是用心良苦了。

我算是插班生，去的时候人家已经开班三天了。没有什么感觉，只觉得气场上的氛围有点儿令人生畏。没有月亮，高远的星空显得更加博大而神秘。操场上和操场周围的小树林里都站满了人，足有二百多名虔诚的信徒，却没有半点儿声音。音乐声和石松先生的带功声如古刹晨钟，悠悠缓缓似从天外飘来："放松——完全地放松——你的意识脱离了你的身体——向高处和远处飘飞——越飘越高——越飘越远——直到无穷高——无穷远……"

不大一会儿，静如圣堂的操场便喧闹起来。先是噼里啪啦的响声，一个个"意识"脱窃的躯体规则或不规则地运动起来。有的原地转圈儿，有的不停地跳动，有的拍打着自己，还有的翻滚在地上……紧接着，长嘘声、短叹声、歌唱声、呼叫声响成了一片……

在这没有月光也没有灯光的空旷的操场上，我看着这些歇斯底里的手舞足蹈，听着这些声嘶力竭的呼叫歌唱，感到一阵毛骨悚然，浑身不由得战栗起来。开始是瑟瑟发抖，后来双腿乱颤，紧接着便不能自制，周身上下哆嗦成一团，而且越抖越厉害，完全失了控。我害怕极了，想停停不下来，想喊喊不出声来。这时候，我隐约听到了身后一个熟悉的声音：“放松——完全地放松……”

在这个声音的调整下，我渐渐地放松下来。我站在原地，闭着双眼，静静地守护着那份物我两忘的感觉。我身边的喧闹声仿佛会移动似的，慢慢地飘然远去。我觉得，在这空荡荡的操场上，只剩下了我一个人。一种巨大的孤独感占据了我，我感到了无限的悲伤，泪水默默地流了下来……

这一晚上，我的整个身心像是被彻底洗涤过似的，没有一丝杂质杂念，我感觉到了一种少有的轻松舒畅，整个世界都变得纯净光明起来，那些烦心的事像垃圾似的被清除掉了。后来读马斯洛心理学，我才知道这可能就是所谓的“顶峰体验”。

我把这种感觉跟石松先生谈了，他说我是属于敏感型的体质，坚持下去肯定会有大收获的。受到了他的鼓舞，我便信心百倍起来。第一期学习班结束以后，我又报名参加了第二期学习班，并且还拉两个朋友“入了伙”。

石松先生知道了我的底细以后，很高兴。他说要到武汉大学去讲课，约我跟他一起去，并想跟我合作写一本关于气功理论方面的书。武汉大学是我的母校，我很乐意陪同前往，可当时接受了一个到海南的任务，便未能成行。回来以后，我便和石松先生失去了联系。

“生生至一”功我坚持了很长时间，冬天到了，我那斗室里实在折腾不开，便改练静功。后来由于经常在外漂泊，静功也坚持不下去了。我至今为此感到遗憾，也觉得有点儿对不起石松先生。

直到三年前，北京人艺的聂明新教了我一门“秘功”，说是来头非常可靠，且百试不爽。我练了几天便出了毛病，不是人家的“秘功”有问题，而是我的身体不适。从此，我便与气功依依惜别了。

从接触气功到如今，恐怕也有十个年头了。停停练练，练练停停，“喜新厌旧”，浅尝辄止。我知道自己没有毅力，很长时间断了再作冯妇的念头。去年春天我的心脏出了点儿问题，不少朋友都劝我练气功，我依然没有勇气。近来与刘进元先生接触，我觉得他在鼓吹气功方面是个“权威”，每每与我谈及气功的学问，我便又有点儿蠢蠢欲动了。

我知道这只不过是“蠢蠢欲动”而已，蠢蠢之余，我便想向气功界的朋友们提出个蠢问题：有没有一种气功，既简单易学，能强身治病，又能诱人上瘾，让人能持之以恒呢？

1995 年春于百乐酒店

第 二 辑

春之啼唱

春天是从冬季的子宫里分娩出来的。分娩是痛苦的，在冰冷的产床上，大地剧烈地阵痛，山峦咬紧牙关，江河上的冰层在撕裂，羊水从山脚下溢了出来……

一个活脱脱的婴儿来到了天地间。

春天是季节的童年，童年的生命是最鲜活的。她沿着大地的边缘从南方跑来，所到之处便泛起一片新绿。山坡后的残冰想阻止她，她却从冰层下钻出一枝嫩芽；老树上的枯枝想禁锢她，她却从枝条的皴皮里拱出一片新叶。就连南方的紫燕都被她招引而来，在似曾相识的屋檐下筑起了新巢。几乎就在一夜之间，绿了田野，绿了河流，绿了布谷鸟的叫声，也绿了年轻人的春梦。

童心无邪，童言无忌，童年的生命是最自然、最本色、最无拘无束的。她一会儿让鹅黄挂满柳梢，一会儿又吹起漫天飞絮；一会儿令鲜花云绽，一会儿又搅起落英缤纷。健康的心态从来不指责童年的荒谬。牙牙学语的失误，会给母亲带来欢心的笑容；

摇摇学步的跌倒，会换来母亲慈祥而鼓励的目光。人们同样不会责怪春天的谬误，她把野草生在稻田里，也会引起踏青者的欣喜；她令春雨把道路弄满泥泞，反得了“马踏春泥半是花”的咏叹。

童年的生命总是欢乐的，这欢乐怂恿着她的顽皮。她随心所欲，蹦蹦跳跳，开心地跟人们捉着迷藏，使人们对她到处寻觅，又寻之不得。那些才华横溢的文人墨客为她伤透了脑筋，一会儿说她在“红杏枝头”，一会儿说她在“东邻庭院”，一会儿又说她在“乱花深处鸟鸣中”。

顽皮的春天也像孩童般地捉弄着烦恼的人生，给人们那脆弱的感情世界带来了“载不动”的“许多愁”。黄莺像一对恩爱的小夫妻，在翠绿的柳梢上啁啾私语，却惊扰了少妇思念丈夫的春梦；杏花纷落如雨，染红了一江碧水，却勾起了崔莺莺的“闲愁万种”；而绵绵细雨敲打着梧桐，更让女词人对着三杯两盏淡酒“凄凄惨惨戚戚”……

寻春，伤春，怨春，惜春，成了诗人们写不尽的愁肠，发不完的叹息。这种代代相传的情绪抑或情结，不是出于对生命的嫉妒，就是感叹光阴的短促。“若有人知春去处，唤取归来同住。”愈是岁暮之人，愈是怀恋童年。童年是生命的春天，是一片蓬蓬勃勃不可阻遏的生命力，是一湖纯纯净净未曾污染的生命之水。然而，伤感也罢，惆怅也罢，惋惜也罢，荏苒的光阴总如滔滔流水一样不舍昼夜。春天有来有去，生命有生有灭。经过了冬天艰辛苦痛的妊娠，我们就以满腔的喜悦迎接生命的春天；而春光疾驰而去之后，我们就充满信心地迎接酷暑和寒秋。

珍惜生命，珍惜春天。让每一个春天都有一个美好的童年，让每一个童年都是一个美好的春天。

1995 年 2 月于通州

夏之风流

夏天是属于年轻人的，年轻的夏天迎来了自己的狂欢节。每一个年轻的生命都压抑不住内心深处的躁动，急不可待地梳妆打扮着，张扬着充沛的欲望，寻找着宣泄本能的佳侣。

夏天的阳光给予了丰富的色彩，让万千生命美丽起来；夏天的阳光又给予了足够的理由，让万千生命裸露出来。绿叶是花朵的衣衫，花朵因衣衫而动人。然而花朵为了更加动人，却大胆地挣脱了衣衫。云朵是蓝天的饰物，蓝天因云朵而富有。然而蓝天为了让自己更加真实，却让云朵化为泪水痛快淋漓地宣泄。

夏天还是属于女人的。女人用短裙、拖鞋、露脐装和比基尼调戏着夏天。夏天用海滩、花丛、绿茵和遮阳伞放纵着女人。

夏天的色彩是丰富的，夏天的情感却是炽烈的。丰富的色彩是掩饰，更是诱惑；炽烈的情感却在竭力为诱惑而剥夺掩饰。

满塘的荷花赤裸裸地舒张着躯体，渴求着排山倒海般的冲击；牧场上的碧草铺展着海一样的柔情，呼唤着牛羊的亲吻和马蹄的践踏；果园里的枝条儿炫耀着形态各异的乳房，期盼着盈盈一握的惊喜；岸边的垂柳甩动着风情万种的秀发，向心仪的白杨露骨地挑逗。

山涧的瀑布狂呼呐喊着奔跑而来，按捺不住的冲动不惜跌得粉身碎骨；披着绿鬃的山岩像一头发情的雄狮，积蓄着喷薄欲出的能量；苍鹰瞪着血红的眼睛在白云下盘旋，等待着那惊心动魄的一搏；鸟儿狂躁地啼唱，蝴蝶疯癫地飞舞，连蝉鸣也变得十分焦灼……

天地间突然沉寂下来，云在悄悄地堆积着，风在默默地涌动着，浪在静静地匍匐着。黑云压城，山雨欲来，林木窸窣花枝战栗，年轻的夏天紧张得舌僵目呆，连气都喘不过来了。

骤然石破天惊，闪电点燃了生命的导火索，霹雳撼天动地。急风暴雨从天而降，海啸山呼。癫狂的大树拔地而起，呼啸的山洪摧枯拉朽，江河横溢，地裂山崩。“惊风乱飐芙蓉水，密雨斜侵薜荔墙”，天地混沌一片，阴阳浑然一体。你中有我，我中有你。打碎一个你，揉碎一个我。风起云涌，巨浪排空，高潮迭起，生命的形态在粉身碎骨中达到了顶峰。这是天神与大地母亲狂野的交媾，是诞生万千生命的精彩演绎，生命诞生于狂野。

伴随着迪斯科强烈的节奏，生命忘情忘我地舞动起来。天地间形成了一个巨大的音箱，风雨雷电在轰响共鸣。群山在领舞，裸臂如林，起伏如浪，“嗨”声惊魂。百花撕掉了往日的娇羞，争奇斗艳；草木脱去了多余的服装，赤条条手舞足蹈。夏天显露出了惊人的真实，夏天完成了本能的自我，夏天将生命推向了极致。

生命原本就是一种力量，推向极致的生命才能优胜劣汰，延续最完美的基因。不必为夏天的喧嚣而羞赧，不必为夏天的风流而懊悔，不必为夏天的荒唐而愧疚，秋天的果实就是在这超乎寻常的状态中受孕成形的。当季节的老年到来的时候，他会欣慰地微笑着，对那些不可一世的晚辈说，我经历过。

2006 年 6 月 10 日于桑梓轩

秋之悟

古人云：一叶落知天下秋。我倒是觉得，秋天是大张旗鼓地到来的。万顷稻海轰轰烈烈地黄了，千亩棉田风起云涌地白了，满山的叶子狂呼着呐喊着扑落下来。转瞬之间，风霜高洁，水落石出，“四时更变化，岁暮一何速”！

秋天是季节的中年，中年是收获的季节，收获是耕耘者的节日。

收获是对秋天的掠夺。这种掠夺，如同刻骨铭心的爱情一样，是一种心甘情愿的奉献。当耕耘者和非耕耘者把秋天掠夺一空的时候，赤条条的秋天便露出了天然的本色。山谷脱掉了繁华的装饰物，露出那秃了的额头；河滩掀开了锦帐罗衾，袒露出光光的肌肤；大地更是散淡潇洒，把黑油油的脊梁翻过来，像个醉汉似的晒在金灿灿的秋阳下；连深秋的满月，也如一个纯真无邪的姑娘，在明净的天湖中忘情地裸泳。

秋天是真实的。真实得自然坦荡，羚羊挂角，无迹可求。

我一直不明白，为什么真实的秋天会给人们那么多的伤痛和悲凉？见秋霜而悲白发，见残花而泪红颜，见归鸿而思故旧，见寒蝉而叹余生，见秋风秋雨则更是“夜雨闻铃断肠声”。其实秋天未必像人们想象的那般脆弱，春季的喧哗她享受过，夏季的风流她经历过，天下没有不散的筵席，落花随流水而去就让它去，大雁趋夕阳而归就让它归，不抱怨人情冷暖，也不诅咒世态炎凉，她以更博大的胸怀包容着一切，“长风万里送秋雁，对此可以酣高楼”！

秋天是宽容的，这宽容来自她的无私和友善：“苞物众者，莫过于天地；化物多者，莫过于日月。”秋天的天更高，地更阔，日月更温柔多情。

秋天是寂寞的，寂寞是圣贤的境遇。一夜无风无雨，无声无息，第二天一早，树挂便结满枝头，银花在满世界里悄然地开放，又悄然地融化，来无踪，去无影，连一点儿痕迹都不留下。如若她还嫌这个世界不够缄默，便在夜幕中再弥漫上一层浓雾，把整个心灵都封闭起来。

但寂寞不是孤独，更不是清高。寂寞是一种心态、一种品位、一种反省。天时之秋，亦如同人到中年，应该有了属于自己的哲学。这哲学来自经历和对经历的省悟。

秋天在思考，结着冰花的河水在静静地流淌，这是在对大半生的回忆和筛选。有时想到动情处，也会翻卷起几朵晶莹的浪花，但绝不会倒海翻江卷巨澜。山峰垂着凝重的头颅，像个成熟的哲人，闲将冷眼看着天边外的日出日落、云卷云舒。连林间那光溜溜的枝条，也都低垂下那招摇的手臂，任寒霜侵袭而不动声色。

秋天是深刻的。唯有这深刻，才能显示生命之秋的魅力；也唯有这深刻，才能迎接生命之冬的最后一搏。

1995 年 1 月 5 日

冬之缄默

冬天是季节的老年，老年是经验，是智慧，是思索，于是冬天缄默了。

缄默的冬天首先蜕尽繁华，赤条条地露出本来的面目，进入了一种超凡脱俗、物我两忘的境界。他懂得，只有彻底摆脱物欲的羁绊，才能领悟真缘、参透禅机。

于是，百花凋谢了，千叶飘零了，万绿枯萎了，作为秋季炫耀的累累硕果也默默无声地坠落了。那金灿灿的喧嚣、红艳艳的煽情、绿丛丛的诱惑，以及万种风情、争奇斗妍的舞台突然拉上了一道冰冷、沉重的帷幕，瞬间偃旗息鼓、过眼烟云般地消逝了。

群山是冬季老人那智慧的头颅，光秃秃的，间或还有几缕稀疏的鬓发，垂落在那多皱的脸颊上；河流是冬季老人的胸膛，而今也被坚冰封锁起来。老年人的胸怀是厚重的，厚重的襟怀向谁开放呢？在茫茫宇宙间，地球是一个孤独的远行者，这位远行者又进入了一片孤独的季节，他到哪里去寻觅知音呢？他只有缄默，缄默是他唯一的选择。

孤独并不是孤僻，缄默也不是麻木。在一副冰冷、坚硬的躯壳里，老人的心在燃烧。他用自我燃烧产生的能量驱动着沉重的大脑，开始了惊心动魄的思索。

是春天的无知使他感到羞赧，是夏天的风流使他感到尴尬，是秋天的荒诞使他感到悲哀。他像一位身肩人类伟任的圣哲，无情地解剖着自己，严厉地考问着自己的灵魂，一丝不苟地检验着自己留下的脚印。

一时间，黑云如铁，压在冬季老人的头顶上；寒流如潮，排山倒海般地向冬季老人袭来；狂风暴雪，更如洪水猛兽张开血盆大口，要将冬季老人吞没。

冬天不再缄默，冬天咆哮起来。这咆哮是冬季老人痛苦的反思，是残酷的自我冶炼，是脱胎换骨的更新。

“战罢玉龙三百万，败鳞残甲满天飞。”大雪纷纷扬扬，万花飘落，洁白的雪花结成冰，冰雪把冬季老人包裹起来。

冬天又缄默了。

冰雪是巨大的子宫，把冬季老人重新孕育。一个更加痛苦的过程开始了。冰川在爆裂，那是受孕高潮时的癫狂；乌云在翻滚，那是妊娠反应的折磨；暴风雪去了又来，那是分娩前的阵痛。

冰冷的冰川下，激流在翻滚；坚硬的地层深处，岩浆在沸腾；天边外，大海推起了滔天巨浪，冲击着大地的胎心。一个春天的婴儿在孕育成形。

婴儿是死亡的新生。在地球的群山之巅，伟大的诗人雪莱在向着茫茫宇宙呼唤：冬天来了，春天还会远吗？

这呼唤是希望的旗帜，是送旧迎新的宣言。随着这一声呼唤，一个活脱脱的生命，一个带着血丝的季节出世了。

这是季节的初始，是生命的辉煌时刻。

1996 年 3 月 7 日于桑梓轩

春　雨

春雨无声地泼洒着四月的夜，四月的夜便在湿漉漉的灯光里震颤。你赤着足走出来，在水泥地上踏出了春雨的节奏。你说要找一本书，一本解读春雨的书。

你蜷缩在单人沙发上，用毛毯裹着冰凉的双足。你撩起长长的睫毛，目光亦如春雨般滋润着我四月的干旱。

窗外，淅淅沥沥。每一滴雨珠都是一个字母，一行一行地书写着，在四月的大地上叠印出一部厚厚的书。你的眸子里闪耀着破译后的兴奋，我鼓励你读下去。你说，我认识他是在一个秋天的下午，那一天阳光很好……

在一个阳光很好的下午，你和他一起把自己放飞了。大雁在湛蓝的天屏上写出了一个孤独的“人”字，一条大河也如释般地狂奔着。大雁与大河循着两条平行的路，共同去寻找它们的归宿，抑或源头，也许在天边外的某一点上，它们能够彼此相遇。

你说你看见了，我鼓励你说下去。你说在我的心狱里，囚禁着一个狂暴的夏天。洪水从天而降，决了堤坝，冲了良田，毁了家园。浑浊的汪洋中，漂着发黑的树木和腐白的尸体。狂烈的阳光复仇般地蒸烤着大地，大地上一片狼藉，如掀翻了一桌宴席……

我笑了，你说这笑很冷，像从冰封的心窖里吹出的风。

头顶上，舞会已经开始了，音乐如春雨一样绵软。一对对情侣在春梦般的灯光下曼舞。

你又说看见了，我依然鼓励你说下去。你说那个男人很绅士地吻了那个姑娘，吻的是她的额头。她的额头光滑滑的，像灯光照耀下的一汪春水。那个男人的吻很轻，你说很好，这感觉很好，如同一只六月的蝴蝶轻吻着未开的花心。

春雨的节奏是情侣的舞步，舒缓轻柔地浸漫四月的梦。墨的夜有灯光点缀，雨丝在灯光下编织着爱情。爱情在湿润中悄悄地萌发着春芽儿。你突然问我，三月三是什么日子？

我说是听雨节，庄稼人的节日。

你说，也是我的节日。

祝你节日快乐，我说。

春雨开始敲打窗棂了，是风吹雨斜。微风吹拂的雨丝泼洒得更加均匀，夜在膨胀。在膨胀的夜里，春雨依旧，庄稼人的节日发芽儿了，你的节日也发芽儿了。

1996 年 3 月 7 日于桑梓轩

樱花潭

又到樱花节，又见樱花潭；樱花潭离我而去，已经整整十年了。

风光俊丽的珞珈山有一条名播遐迩的樱花大道。依山傍水的武汉大学多是曲径通幽，只有这条樱花大道横贯南北，且路面平坦宽阔，成了偌大校园的一条脊梁。每入三月，莘莘学子便躁动起来，走在樱花大道上总是注视着枝条上的花蕾。终于，倏忽一夜风吹雨斜，清晨又朝阳如沐，樱花大道便呐喊般地腾起一条银河似的彩云。于是，寂寞的樱花大道便以抑制不住的激情，拥抱着来自武汉三镇的游客。这便是著名的樱花节。武汉大学原本是一所没有围墙的开放式学校，樱花节期间更是容纳百川，吞吐烟霞，每天来欣赏樱花的游客，多达数十万。

这是学子们的节日，每到樱花节，教室便成了囚笼，一颗颗如樱花般绽放的心扰得教授们也无心传道授业解惑了。师生们成了樱花节的主人，以自豪和便宴招待着如缕不绝的八方亲朋。还有一些商业意识较强的学生团体摆出了与樱花有关或无关的货摊儿，不在于赚几个钢镚儿，而在于体验一下经商的亢奋。

很少有人知道，樱花大道的山后，有一个处子般寂寞的樱花潭。潭阔丈余，水深亦不过丈余。潭水清澈纯净，潭底的鹅卵石幼妇般地浅眠，流溢着柔柔的幸福和满足。潭边是几株云蒸霞蔚的樱花，阳光透过云霞照射过来，沉静的潭水如凝眸般地闪烁着盈盈的光。你说，樱花潭是情人的眼睛，能把对方淹死。

是的，离不开的樱花潭，离不开那能淹死人的眼睛。十年了，它常常令我神往，令我梦牵魂萦。想起它，我的心便撕裂般地疼痛。它如一支缠绵悱恻的旋律，总是悠悠地缠绕在我的耳畔，挥之不去，避之不得。

亦如梦幻般的不真实，在樱花盛开的时节，我恍恍惚惚又来到了樱花大道，避开了潮水般涌动的人流，翻过樱花山，来到了樱花潭。

樱花潭寂寞地等待着我，没有当年的热情，却也没有冷漠。它似乎已经独处许久了，潭水依然清澈纯净，潭底的鹅卵石依然浅眠微笑，潭边的樱花也依然无声地开放。我坐在潭边，许久许久，凝视着潭里那樱花的倒影。樱花依旧，潭水依旧，鹅卵石依旧，可是我总觉得少了些什么。少了些什么呢？越是细想，越是茫然，茫然得我更加恍惚，更加觉得如梦如幻。

一阵清风吹来，拂面不寒，却飘落了几片樱花。樱花淡淡地落在水面上，羽毛般的。没有涟漪，升腾着的是一团轻烟似的雾气。烟雾在我的眼前弥漫着，变幻着，模糊了潭底那樱花的倒影。我的眼前突然闪过一片盈盈的光，如电光石火，稍纵即逝。我豁然顿悟，不见了的是那双能淹死人的眼睛。

我的心震颤起来。

1999年3月于桑梓轩

雨　城

从芝加哥到底特律，开车需要四个多小时。到了吃午饭的时候，我们下高速公路，来到了一个叫作密歇根城的小城，与密歇根州同名，只是加上了 city，以示与州名的区别。在美洲，这样的情况并不少见。

一场大雪过后，又下起了蒙蒙细雨。虽说是隆冬季节，天气却不冷，凉爽爽，让人觉得很滋润、很舒服。海洋性的气候也许就是这样。

小城不大，只有几千口人居住，相当于我国南方水乡的一个小镇。一幢幢的房子很整齐，划割出两条笔直的街道。房屋大多是砖木结构的，两层，最多三层。只有街东面的教堂显得格外突出，尖尖的屋顶和高高的十字架，向云天耸立着，接收着来自上帝的信息。

这个雨中的小城给人最强烈的感觉就是静且净，安静和干净。静悄悄的，没有一点儿杂音，连鸡鸣犬吠的声音都没有，甚至让人觉得有点儿寂寞，有点儿不真实。附近除了一个加油站，没见到任何工厂之类的场所。教堂的钟声在静默中敲响了，悠远而绵长，给这仙境般的小城蒙上了一种神秘的氛围。街道上偶尔会有汽车通过，却很少见到行人。干净，真可谓是一尘不染，特别是在毛毛细雨中，小城的每一个角落都被冲刷得清洁如镜，闪烁着莹莹的光亮。街道两旁的树木和花草，惬意地承受着雨露的滋润，鲜嫩得让人爱怜。来到这里，似乎一切都被净化了，包括吸收进我们体内的空气，包括我们身上的筋骨和每一个毛孔，包括我们烦躁不安的心灵。如果能在这世外桃源里住下来，修不成佛也会修成仙，当然，得有人管饭才行。

街头上有一个很宽阔的停车场，我们下车后想在小镇上走走，正不知向何处举步投足，却发现街头上有一块小城的地图。更让人兴奋的是，在地图的不远处，就有一个信息中心。信息中心是一个临街的漂亮的小屋，进去之后，屋子里暖洋洋的，像是进了家门。房间不大，一个服务台，一个笑容可掬的服务小姐。服务台上有电话，免费的。服务台对面的木架上插着几排印刷得非常漂亮的说明书。在美国，无论宾馆、商店、饭馆，甚至加油站都有这么一个架子，里面插着形形色色的说明书。说明书是长方形的，折叠起来，比普通信封长一些。说明书实是广告，多是旅游和宾馆的，上面印着精美的图片和诱人的文字。信息中心的角落里还有一个洗手间，更让人觉得对客人关怀得周到和体贴。门口处，有一位坐着轮椅的老人。他一声不响，静静地看着每一个进来的人，神态非常安详。也许他忍受不了独居在一所房子里的孤独，到这唯一能见到人迹的所在打发寂寞的时光，我想。

在那里，我们发现了一个重要的信息，这小城里有一个非常大且非常现代化的购物广场，就在离信息中心几十米远的地方。

购物广场是近乎圆形的，面积跟一个大型的体育场差不多。广场周围是一家挨一家的商店，更让我们震惊的是，这些商店却是来自世界各地名牌服装的专卖店。像我们所熟悉的皮尔·卡丹、POLO、巴黎世家、ADIDAS、都彭、华伦天奴……应有尽有。这些名牌据说都是从厂家直接批发过来的，绝对没有假冒伪劣。虽然是名牌大集萃，却没有破坏小城的宁静，顾客不少，但分散在各个专卖店就显不出拥挤和喧嚣了。后来我们才知道，这个购物广场非常有名，许多人都是从芝加哥、底特律甚至纽约等大城市专门前来购物的。

从美国回来，电视剧《渴望》的导演鲁晓威到我家来闲谈，他问我最喜欢美国的哪个城市。我跟他谈起了密歇根城和对这个小城的感受，他默然了。

2000年2月24日于洋桥

雨　岛

进鼓浪屿是一个暑天的下午，第四号热带风暴刚过，持续月余的高温天气也被狂虐的风暴掳去了。天上飘着小雨。

我们上岛就为的是逛逛，慕名而来。家住岛上的友人从家里带来了几把雨伞，我们便沿着商街小巷漫无目的地走着。踩在脚下的地面有的是用长石铺成的，有的是用瓷砖装饰起来的，雨水冲刷的街道，简直比室内的客厅还洁净。天街小雨润如酥，踏着雨路，淋着雨丝，有一种身心被圣洁沐浴的惬意和熨帖。走了很长时间，头上的雨珠儿都滴到了脖子上，才发觉我们手里拿着的伞并没有打开。于是笑，笑愚，笑痴，笑跟这雨岛亲和中的忘情忘我。

享受着湿润，更享受着宁静与闲适。在岛上见不到任何大城市的嘈杂和匆忙。没有车，不但没有现代化的汽车、电车、摩托车，甚至连自行车也没有。在街道上，或两三结伴，或踽踽独行，不会被躲躲闪闪和沉积在潜意识中的交通法规而破坏情致。

幽长幽长的小巷，不由得令人想起戴望舒的诗。撑的不是油纸伞，而是莲花般行走的尼龙伞；亦如在细雨中行走的姑娘，结着的不是丁香似的幽怨，而是生命的美丽与现代的浪漫。深巷两边是一爿挨一爿的商店，多是服装、工艺品和字画，也有海鲜，但多集中在路口处。坐在店里的也多是年轻的姑娘，精美白皙得宛如巧夺天工的工艺品，一副悠闲沉静的超然，完全不见大小城市里的不择手段的叫卖招揽，更不要说野蛮的强买强卖了。进了她的店，便由你的兴致。看与不看，买与不买，她都会送给你一个轻柔湿润的微笑。她们开设这些店铺，好像完全为了装饰小岛的繁荣与多情。赚不赚钱，赚多赚少，则随缘随便。这随便中，可以毫无负担地欣赏，欣赏商品和拥有这些商品的姑娘们。自然，店铺里的姑娘们也在安逸地欣赏来来往往的游客，有所发现便喁喁私语或掩口窃笑。买卖双方如此水乳般地交融在一起，只有在这桃源仙境中才体味得到。

走出商巷的骑楼水街，绕路去日光岩，便深入了一条更加幽深的曲巷。曲巷常被光洁的巨岩和堆苍滴翠的花木隔断，从花木掩映的窗口里飘出来的是钢琴声和小提琴声。几乎每一个窗口都悠扬着一种旋律，或还融合着童声的伴唱。鼓浪屿，又称琴岛。家家都有钢琴提琴相伴，户户都有或老或少的“音乐家”。在这片音乐的土壤上，曾成长出像殷承宗这样的著名钢琴家，这也是鼓浪屿的骄傲和魅力。

走到雨岛的边缘，便是温柔的海滩。穿着泳装的青年男女在大海中放纵着，每一个人都是那样的忘情忘我。在紧张的现代生活中，特别是在大都市的旋涡里求生的人，难得有如此的闲适和真实。

天上依然飘洒着雨丝，可是除了我们的天顶，大部分的天空却是晴朗的。站在大海边，举着望远镜向台湾海峡瞭望，大担、二担清晰可见，甚至都能看到那边的建筑和人影。在这雨丝滋润的小岛上，我们享受着与世无争的宁静与祥和。难得。

1995 年 8 月于厦门宾馆

壮哉，钱塘潮

钱江大潮是屈指可数的几个举世奇观之一，早就心向往之。据说，1991 年钱江的潮头之高、来势之猛又是近些年来所少见。江潮未见，我们的心潮便先翻卷起来。

自古以来，众所公认的最佳观潮胜地是海宁的盐官镇，因之，钱江潮又称海宁潮。那里是大文学家王国维的故乡。

而我们却先到了海宁的上游丁桥。

正是深秋时节，江水苍茫，云遮雾盖。千里长堤下，是漫无边际、密无罅隙的芦苇荡。高天万里，沙鸥翔集，乱石堆岸，芦花飞白，“故垒萧萧芦荻秋”，使人越发感到无限的空旷而苍凉。

等待的焦灼刺激着人们的兴奋点，对于盼望已久又即将来临的风景，没有人能够平静地等待。江岸上有一座茅草屋，里边住着一位守堤人。守堤人告诉我们，农历八月十八日，是潮神的生日，这一天的潮特别大。

还有潮神？潮神还有生日？那么，潮神是谁呢？

守堤人说，潮神是伍子胥。当年，伍子胥辅佐吴王夫差打败了越国。越王勾践卧薪尝胆，决心复国。吴王夫差被胜利冲昏了头脑，终日沉湎于酒色之中。伍子胥再三劝谏吴王要警惕越王的报复，吴王却听信谗言，赐剑令伍子胥自杀。伍子胥死前让儿子把他的头挂在城门上，以便看到越王灭掉吴国。吴王大怒，命令把他的尸体投至江中。从此，便有了怒涛滚滚的钱江潮……

我们正蛮有兴味地听着潮神的故事，守堤人却说潮来了。我们都侧起耳朵向远处倾听着，有的人还伏下身子把耳朵贴在江堤上。又过了半天，我才隐约听到一种声音：极远处，沉沉的，有如男人那压抑已久的呜咽。须臾，这声音便渐渐清晰了。如疾风滚雷，越来越近。俄顷，又感觉到了脚下大地的震动。

终于，在水天相连处，泛起了一条银线，闪闪发光，乍隐乍现，时起时伏，像一条十分规则的闪电精密地焊接着江面与天边的连接处。

人们都紧张起来，或屏息远眺，或举起相机，或摆好姿势。无论是在相机的底片上，还是在记忆的底片上，都要印下这千载难逢的瞬间。

闪电般的银线跳跃着向前，腾出江面。霎时，平阔如镜的江面上，耸立起一道潮水筑起的长堤。潮堤齐刷刷地向前推进，响声撼天动地，惊心动魄。潮头出现了，长堤船边，身穿银色铠甲的潮神伍子胥，驾着素车白马，挥舞着赶潮鞭，复仇般地抽打着雄狮，势不可当地冲杀过来……

潮峰到了脚下，如同捣翻了地狱，黑压压阴森森，群魔奔突。浪花飞溅在脸上，冷风寒凉刺骨，巨大的撼动使人既站不住脚，又稳不住心，都呐喊跳跃起来，恨不得一起跳进大潮，加入伍子胥的队伍。

潮峰呼啸而过，江水顿时涨起十来米，钱塘江显得更加波澜壮阔。此时此刻，一种新奇的感觉油然而生。每个人的心胸都好像被大潮冲刷荡涤过一般豁然开朗，豪迈昂然。“当今世界潮流，浩浩荡荡，顺之者昌，逆之者亡。”这便是孙中山先生当年观潮时留下的名言。

潮峰过后，我们立即驱车抄近路直奔海宁盐官镇，那里有占鳌塔、观潮亭，还有从国内外聚集而来的数以万计的观潮者。我们要赶在潮峰的前边，加入那里的观潮队伍。一次大潮分作两处看，不是每个人都有此眼福的。

1991 年 10 月于北京

梦幻泸沽湖

摩梭人的母系家族制度和走婚的习俗已经名传遐迩，令许多世俗的局外人心驰神往而又想入非非。我曾经非常主观地认为这是一种原始社会的古老的遗风，却从来没有将它跟现代生活进行过比较，更没有将它所处的环境和如诗似画的泸沽湖风光联系在一起。

我们从宁蒗县城出发，开车的小周没有将我们直接送入摩梭人的山寨，却让我们在山顶上下了车。他带着我们穿过一片小树林，神秘的泸沽湖便横在了我们面前。从北京到云南，才能真正体验到天空的蓝色和白云的纯净。那种蓝是很难用颜色调出来，更难以用语言表达。只觉得我们生活在大都市里的现代人太可怜，看见这种蓝色就想落泪，像是受了天大的委屈。不是吗？

蓝天白云下是沉静的泸沽湖，清澈的湖水映着更加清澈的天空，水天一色，幽深而迷茫。远处的山峦，勾画成一个睡美人的形象，清晰而逼真。无论怎么看，她都是一个绝代佳人，柔和的脸庞，高耸的胸脯，令人无限爱怜，爱怜得不忍惊扰她的春梦。

这美人一样的山，这迷梦一样的湖，催着我们扑进了摩梭人的山寨。穿过一幢幢的木楼和一座座宽大的院落，我们径直来到了泸沽湖畔。一群摩梭少女朝我们跑来，争着拉我们到她们家去住宿。两个摩梭姑娘划着一条猪槽船靠了岸，我们上了船。

猪槽船随着摩梭姑娘的歌声缓缓前行，整个心灵便沉浸在这湖光山色和梦一样的情调里。划船的姑娘教我们唱摩梭人的歌，教我们说摩梭人的语言，还告诉我们摩梭人走婚的规矩。

姑娘们说，到摩梭姑娘的花楼里去，要注意三样：一是学会翻墙，千万不能将人家的墙翻倒；二是要能对付人家的狗，用一个松塔装上肉饭，丢给狗，狗只能闻到香味却吃不到嘴，能一整夜让狗老老实实；三是要记住姑娘的花楼，要是钻到老祖母或母亲的花楼里会被舅舅打出来的。还有，在进入花楼之前，好客的摩梭人要请你喝一种他们自己酿造的玉米酒，味道甘洌醇美，余味无穷。摩梭人叫咣当酒，翻译成汉话就是壮胆酒。这当然也是一种笑闲，摩梭人是非常具有幽默感的，许多事情都当不得真的。

我知道这是姑娘们在跟我们开玩笑。摩梭人是男不娶，女不嫁，男女双方有了情意，男人便到女家走婚。夜里来到姑娘的花楼，天亮前便须离去。如果移情别恋，男人不上门，或者女人不开门，便非常平和地结束了“阿夏”关系。有了孩子，完全由女方抚养。摩梭人都生活在以女人为核心的大家庭里，家里只有姨和舅舅。一家人尊老爱幼，没有吵架，没有分家，更没有偷盗、抢劫、强奸等犯罪现象。当然，也没有因婚姻所造成的烦恼和恩恩怨怨，诸如失恋、离婚、第三者插足、孩子归属、婆媳关系、妯娌矛盾，等等。

登船上岸，我遇见了一个开小卖铺的摩梭少女，只有十五六岁的样子，我在她那里买了一本书。她约我晚上一起去跳舞唱歌，还说要把她的姐姐介绍给我。她自豪地说，我的姐姐长得非常漂亮。我问，比你还漂亮吗？她说，你见了就知道了，比我漂亮十倍。我说，那她会喜欢我吗？她诡秘地说，要是哪个姑娘喜欢上了你，就会在你的掌心上挠三下。你要是也喜欢她，就在她的掌心上挠一下。这样，晚上你就可以到她的花楼里去了。

晚上的“锅庄”是在一家大院里举行的，摩梭人每家都有这么大的一个院子，轮流举办“锅庄”。身穿民族盛装的小伙子和姑娘们陆续来了，三五成群，说说笑笑。那个摩梭少女果然将她的姐姐带来了，她的姐姐又把她的两个朋友介绍给了我。她们向我伸手，每个人都调皮地向我的掌心上挠三下，当你刚要回挠她的时候，她却迅速地将手抽开，咯咯咯地笑着跑开了。

姑娘们的大方、大胆鼓舞着每一位来访者。舞会开始了，小伙子手拉着手围着火盆跳了起来，中间只有一根笛子伴奏。舞会一开始便进入了高潮，是一种节奏非常紧张热烈的舞蹈，一边跳一边唱，每到一个段落还嗬嗬地叫喊着。这种舞完全不像交际场上的舞会，跳起来便不再下场，吹笛子的也一气呵成。中间只是变换舞步，变换歌曲，从不停顿。来访的客人加入进去，不一会儿便累得气喘吁吁退下阵来。摩梭的年轻人却越跳越欢，越唱兴致越高。大概持续了两个小时，舞蹈才结束，换上了青年男女的对歌。

夜深了，泸沽湖却没有睡。我沿着湖边漫步，湖边一堆一堆的火苗在跳动，这是摩梭的年轻男女在聚餐。一年四季，他们每天都是这样的生活，没有现代生活的困扰，没有无病呻吟的纠葛，没有官场、情场、生意场、名利场上的鲜血淋淋和刀光剑影。我突然困惑起来，到底谁活得更自由、更潇洒、更真实呢？到底哪一种生活方式更珍惜生命、更能体现出生命的价值呢？

1999年6月12日于桑梓轩

香格里拉掠影

1933 年，英国作家詹姆斯·希尔顿在一部名为《失去的地平线》的长篇小说中，描绘了一个遥远而神秘的地方——香格里拉。半个多世纪以来，许多科学家和探险家为了寻找这个“人间仙境”“世外桃源”付出了巨大的牺牲。1997 年 9 月，云南省郑重宣布，经过数十位专家学者的考察论证，香格里拉就在中国云南的迪庆藏族自治州，举世为之震惊。

20 世纪的最后一个 6 月，我们终于来到了如谜似梦的香格里拉。

真实的碧塔海

这是悬挂在青藏高原南延部的天上之湖，海拔三千五百四十米，被当地藏民视为圣湖。到达香格里拉首府中甸的第二天，顾不上强烈的高原反应，我们便迫不及待地去碧塔海朝圣。

汽车如一条勇猛的海豚，在峰峦叠嶂的惊涛骇浪中穿梭，一路险境丛生，风光无限。离开中甸县城二十余公里处，还没有看见碧塔海的影子，汽车却突然在一片较为平坦的山坡上停了下来。司机小洪对我们说，前面没有路了。

没有路了，怎么去碧塔海？小洪说，当时修筑通往碧塔海公路的时候，设计人员把公路的终点定在了碧塔海的湖边上。县委书记齐扎拉大笔一挥，从设计图上抹去了两公里，于是，公路便只通到这山坡上了。

前几年我到鄂西鱼木寨的时候，带领我们进寨的姚区长也是要求把公路仅通到山寨下面，余下的两公里路要靠乘滑竿或轿子上去，为当地农民开一条致富的路子。齐扎拉书记是否跟鄂西的姚区长不谋而合呢？

小洪对我们说，到碧塔海可以骑马，也可以步行。不过最好下去的时候步行，上来的时候再骑马。我们接受了小洪的建议，弃车上路。

这是我从未走过的一条非常别致的路，整条道路都是用松树的枝干铺设成的，宽两米，枝干上还带着粗皮，横铺竖连，结结实实，却没有用一根钉子或钢锔，都是用木榫固定住的，越发显得古朴原始，似乎这条木道在千百年以前便存在了。

木道依山顺势，蜿蜒曲折地钻入了莽莽苍苍的原始森林。苍松古栎，长苞冷杉，刺天蔽日，烟雾蒸腾。林间棕熊探首，黄鼬飞蹿，松鼠嬉戏，百鸟争鸣。我们走在木道上，跫音笃笃，在大山深处叩着神秘的回声，仿佛进入了一种超凡离俗的圣境。而或眼前一亮，几株梨树般高大的杜鹃开得非常恣意。从未见过如此气势磅礴的杜鹃，鲜丽的姿色，浓郁的芬芳，硕大的花冠，却默默地开放在这人迹罕到之处。这种尽情地开放，不是为了争春，不是为了斗艳，更不是为了博得世俗的赞美，完全是为了自己而开放，是真花不露俗相，难得。

沿着林间木道缓步彳亍，幽情渐古，佳境渐入，流连而忘返。何止忘返，甚至忘却了此行的去处。正当我们在花草林木中沉浸在一种“戒定”状态的时候，眼前豁然开朗。

碧塔海出现在我们的面前。在群山密林中间，一泓碧水，映着湛蓝的天空和天空上那纯白的云朵。风清浪细，水波不惊，像一个熟睡的少妇在呢喃着意味深长的梦呓。湖边是一大片开阔的大草甸子，几头牦牛在安详地吃着草。湖面上掠过两只觅食的野鸭，扰了少妇的春梦，引来了一声单调的牛哞。

我们在平静的湖面上划桨泛舟，湖心岛的杜鹃花开得正艳。花香鸟语，落英缤纷。湖水清澈透明，一种第四纪冰川期遗留下来的碧塔重唇鱼优哉游哉。由于实行了禁渔的保护措施，使重唇鱼成了碧塔海的宠儿。但是它们却常常自己惹祸，经不住杜鹃花的诱惑，到岸边或岛周围吞食杜鹃的花瓣儿，醉昏过去，浮上水面。林中的黑熊则乘机而上，捕捉漂到湖边的醉鱼。一条奇妙的食物链组成了一幅美妙的图画：杜鹃醉鱼，黑熊吞鱼。

山间铃响马帮来，回去嫌累，不必去攀登披挂在林中的木道，可以骑马。康巴汉子或纳西族的姑娘为你牵着马缰向山上攀缘，山歌互唱，马蹄踢踏，又是一番别具一格的情趣。

离开碧塔海还要经过那片茂密的原始森林，那是一道天然的屏障，将碧塔海与外面的俗世隔离开来。碧塔海是造物主留下的原始版本，它必须保留着最真实的风貌。这时候我们才理解了县委书记齐扎拉的良苦用心，他将公路断在了山外，便阻隔了现代文明对原始风情的侵袭。这样不仅仅是为当地百姓开拓了一条致富的路子，也不仅仅是保护了碧塔海的环境，更重要的是保护了碧塔海的真实。我曾经到过许多著名的旅游胜地，看到过许多强加在原始风貌上的所谓人文景观，真是画蛇添足，画马添角，将造物主的杰作糟蹋得令人气愤。每到这个时候，我便想说，当负责旅游事业的领导者还缺乏一定的文化水准和审美修养的时候，你们最大的政绩就是什么都不要做。做了就是犯罪，做得越多，罪过越大。

所幸的是，我们看见了一个真实的碧塔海。

老人艺术节

刚到中甸，县委书记齐扎拉便来接我们，说建塘镇有个老人艺术节，让一起去看看。说老实话，随着县委书记外出，我是有些负担的。你想呀，堂堂一县的父母官，到了下面，前呼后拥，上主席台，做指示，没完没了地敬酒。我在他的身边，自己找不到位置，别人也很难安置我的位置，那尴尬只有用无地自容来形容了。

中甸，藏语称为建塘，地处滇、藏、川交会区，属于青藏高原的南延部，海拔三千三百米，最高点的巴拉更宗雪山高五千五百四十五米。这是个多民族聚居的地区，藏族同胞将近一半。所谓的建塘镇，便是指中甸县城的所在地。

老人节在离县城不远的一个山坳里举行，汽车翻过一座大山，我们便见到一片开阔地。绿草如茵，红花似火，上千名身着民族盛装的老人已经兴高采烈地聚集在那里。老人们在唱歌，歌声是从那个临时搭起的简易的主席台上传来的，主席台上悬挂着一对高音喇叭。

主席台的后面是一座硕大的藏房。齐扎拉带着我们径直朝藏房走去，藏房的楼下摆着几十张餐桌，老人们正在分批用餐。桌子上摆着大盘大碗，鸡鸭鱼肉，青稞酒，酥油茶，嗡嗡嘤嘤，热气腾腾。不断有人向齐扎拉打招呼，齐扎拉也不给我们介绍，一边冲老人们微笑着致意，一边朝里面挤去。好不容易找到了一张餐桌上的人还没有坐满，他便拉着我们坐下来。

坐下来便喝酒吃饭，没有任何客套，比进了自己的家里还随便。藏房里吃的是流水席，前面的人吃完了，要马上把餐桌让给后面的人。很快用完了餐，我们便来到外面的演出场上。吃完了饭的老人们早已经等候在那里，拥拥挤挤地坐得满坡满沟。在灿烂的阳光下，老人们的服装显得格外艳丽，与盛开的茶花、杜鹃花交相辉映，如霞似锦。主席台上依然在唱着歌，是男女对唱的情歌。老人们在重温往昔的浪漫与温馨，那歌声中震颤着令人泪湿的旋律。听着高音喇叭里传出的嘹亮悠扬的歌声，你很难想象得到这是从耄耋老人口里唱出来的。我真佩服藏人有一副永不衰老的好嗓子。

齐扎拉拿着一架照相机，在人群里走来走去。一会儿给老人照个相，一会儿与孩子们合个影。所有的老人都认识他，他跟谁都亲亲热热，却没有一个人缠住他，更没有下级官员跟随前后左右。老人们喊他齐书记，孩子们叫他大爹，他闲下来的时候，便跟我们一起躺在山坡的草地上，静静地听着歌儿。

不知道什么时候，艺术节已经开始了。主席台上坐满了人，都是年迈的老人。主持人做了简短的讲话，演出便开始了。刚才齐扎拉一个人在人群里自由自在地走动的时候，我便多少有点儿奇怪。这要是在内地，县委书记来到基层，连去厕所都会有人陪同，否则便是冷落上司，那还了得？现在，艺术节开始了，居然没有人来请齐书记到主席台上就座，更没有让他发表讲话，这简直是目无领导了。

齐扎拉依然兴致勃勃地为藏民们照着相，有些调皮的孩子争着抢镜头，甚至还伸手抢他的相机。演出在继续，他始终活动在人群之中。突然，他朝我们招手，让我们过来。原来正式的演出结束了，老人们一圈儿一圈儿地在草地上围起来，跳起了“锅庄”。

艺术节到了高潮，老人们狂欢起来，高声地唱着，尽情地跳着。齐扎拉也来到了老人们中间，跟他们手拉手地跳起了舞。旋律越来越快，舞步如风，齐扎拉忘情地跳着，扯着嗓子唱着。他的情绪，他的身心，和藏族老人整个融合在一起了。这时我才懂得，齐扎拉是县委书记，更是一名藏民，而且是最普通的一名藏民。

这是我见到的一个最独特的艺术节，也是我见到的一位最独特的县委书记，更是我见到的一种最独特的干群关系。一切感慨都落得无话可说了，在这最边远的几乎是与世隔绝的地方，当初最美丽的梦想和最激昂的承诺，居然像化石一样地保留下来。

拜谒活佛

抵达迪庆藏族自治州首府中甸以后，县委书记齐扎拉便问我有什么要求。我说，最大的愿望就是想拜谒一下活佛。他非常爽快地答应了，当天下午就把我们带到了噶丹松赞林寺。

松赞林寺是云南最大的藏传佛教寺院，当地人称它为小布达拉宫。主属寺院占地面积五百余亩，八大康参规模完善，有一千二百二十六名由乾隆皇帝钦定的僧额。现在住持松赞林寺的崩主·洛桑云丹赤勒坚赞是三世崩主活佛，1953 年出生在东旺中心村，先后赴西藏、印度学经，学成回寺。

松赞林寺堪称是布达拉宫在云南的克隆，高高耸立在佛教屏山的坡顶上，巍峨壮阔，气宇轩昂。大寺前面的山坡下，是清澈如镜的拉姆央措湖。据说，远涉崇山恶水前来朝圣的信徒们，走近屏山，首先看到的是两座松赞林寺：一个是真实的松赞林寺，雄踞在高山上，须仰视才见；一个是梦幻的松赞林寺，倒映在水中，须用心灵去捕捉。

正是向晚时分，高原上依然强烈的阳光映照着松赞林寺的大殿和四周蜂窝也似的僧房，显得异常的凝重和庄严。一种无法抵御的冲击力直扑胸襟，遥远而清晰的召唤响在心底，灵魂飘然升腾，身不由己的皈依感使我们如归家园，温馨而又安全，似乎嗅到亲人的气息。齐扎拉带着我们进了松赞林寺的大殿，佛相庄严，菩萨慈悲，班禅、达赖和诸位活佛的塑像栩栩如生。我们献了哈达，添了酥油灯，拜见了高僧大喇嘛。之后，大喇嘛便带领我们去拜谒崩主活佛。

崩主活佛的净室设在大殿后面的一个两层楼的小院子里。开门的是一个藏族年轻人，短衣便裤，精明强干。大喇嘛让我们稍候，他进去通报。很快崩主活佛出来了，他把我们让进了净室。净室里供放着佛像，没有电灯，酥油灯柔和的光亮抚慰着凡俗的悲伤。我的心立刻战栗起来，把虔诚的目光投向仰慕已久的活佛。

活佛的宝座紧靠着窗户，与窗台连在一起。活佛坐在上面，他的左下方的地板上铺着毛毡，齐扎拉便脱鞋盘腿坐在毛毡上。大喇嘛蹲在他的右边，由于年事已高，两条腿蹲不住了，便用一只手撑在地上。活佛让那个年轻人搬来两把椅子，放在他的对面，让我们与他对面而坐，这对于我们来说，已经是最高的礼遇了。

活佛逆光而坐，晚霞从他的背后透射进来，在他的身上勾勒出一个金灿灿的光环。他的头发已经花白了，深陷的眼窝，长长的睫毛，两只深潭般的眼睛里发出的光是温和的、慈爱的，静且净，不见丝毫的凡尘俗念。他向我们献了哈达，谈了一会儿，便请我们喝酥油茶。

煮酥油茶的依然是那个藏族年轻人，他一边为我们倒茶，一边跟我们闲聊。他说他想出家，现在还没有找到一个收他为徒的大喇嘛，他是自愿来服侍活佛的。

这是我平生第一次喝酥油茶。我来到中甸，高原反应非常厉害，胸憋，头痛，气喘吁吁，连爬去宾馆的二楼都发愁。一杯酥油茶入怀，浸透心脾，头上微微渗出了汗珠儿，心身立即轻松了许多。年轻人继续为我添茶，直到喝得通身大汗，从里到外畅快淋漓，所有高原反应的症状都消失了，惊疑得让人感到不真实。

临别的时候，活佛用他那奇大无比的手为我们摩顶，系红丝线，为我们吹气祝福。我用心灵感受着他的温暖，感受着他的神力，也感受着他那宽大慈悲的胸怀。

1999 年 6 月 12 日于桑梓轩

唱孝歌和坐活夜

中国人对待死亡的态度向来是讳莫如深的。尽管每个人都知道这是人生的最后归宿，却谁也不愿意正视现实。似乎一提到死，便给阎王老子提了醒，他立刻就给你发出索命牌。即使面对生命垂危的患者，也愿意自欺欺人地说两句“健康长寿”的假话。

前不久看到报上一则消息，说西方某些国家，流行起了生前开追悼会的新风。趁着自己健康清醒的时候，选择一个日子，把亲朋好友请来，说一些诀别的话，吃最后一顿晚宴或午餐，给此生此世画上一个明明白白的句号。到了寿终正寝的时候，不再通知任何人，也不举行任何殡仪活动。当然也就少了那些冲着死者而死者既一无所知又无法领情的悲恸欲绝的场面。

西方人这种对待死亡超然豁达的唯物主义态度，使我非常钦佩和震惊。中国人谁要想玩儿这么一把过过瘾，不闹个天翻地覆慨而慷才怪。最近到鄂西，我却看到有那么一些中国人，对待死亡同样非常现实和乐观，甚至是诗化死亡，像欢呼出生一样为死亡举行庆典。

在恩施自治州的利川市，我见到了当地生民独特的丧礼。丧礼始终是在一片喜庆的气氛中举行的。死者是一位年老的妇女，儿孙满堂。在事主的家门口，搭起了半条街的彩棚，挂满了花圈、挽幛和死者的遗像。棚下摆下了几十张餐桌，烧菜的锅灶也临时支在临街上。

死者的灵柩前，鼓乐齐鸣，吟唱悠扬。这是专门的乐师和唱班在做道场，唱诵着佛经和挽歌。午夜之后，道场做完了，便唱起了“孝歌”，孝歌也是由这些专门的唱班来唱。如果说，做道场的佛经，唱得还有些庄严，那么孝歌唱起来便完全轻松活跃起来。孝歌是在街面上唱的，有时一班独唱，有时两班或三班对唱。开始的时候，孝歌的内容还围绕着“孝”字，唱死者一生的劳苦功绩，唱儿女对她的怀念感激之情，也唱后人将如何继承她的遗愿，让她放心上路不必瞻前顾后云云。到了后来，唱班便即兴创作起来，独唱的嘲讽戏弄宾朋中的某个头面人物，对唱的则互相调侃攻击，甚至还有“你是我的心，你是我的肝，你是我生命的四分之三，你死了跟我有何相干”的黑色幽默。

谁的丧礼来的人越多，证明谁生前的德行越高，后辈人也就越有面子。孝歌唱得越红火，越具有喜剧色彩，才越能吸引更多的人。除亲朋故交之外，街坊四邻及互不相识的路人，也都前来观看凑趣。来的人便可以坐在餐桌上大吃大喝，来了就吃，吃完便走，没有人过问你是从哪里来，这叫作“流水席”。

丧礼办出这种味道来，总比我们北方那种哭天号地的发丧要轻松得多，也现实得多。没想到在川鄂边界的鱼木寨，我又看到了与西方的“生前追悼会”有异曲同工之妙的“坐活夜”。

“坐活夜”，俗称“红喜”，是为老者祝大寿时举行的类似给亡人守夜悼念的庆典。“坐活夜”从寿者生日的前一天便开始了，屋内设灵堂，置灵柩，焚高香，燃红烛，亦请来唱班乐师喧闹吟诵。家境殷实的还请来狮子、高跷等花会，闹得全寨像过年般的喜兴，通宵达旦。

正寿那天，寿者由其同胞兄弟及妯娌陪同，装裹一新，端坐灵前，接受后辈儿孙的参拜。儿孙们均披戴红色布帕，称之“红孝”。到了夜间，寿祭正式开始。由专门人员宣读寿祭文，讲述寿者生平德行，教诲后人应以耕读为本，以孝顺为荣。祭后，大设宾宴，一醉方休。更有趣的是，宾宴之后，餐桌上不但酒光菜净，连饭碗也都被一扫而光。俗曰：“带走寿者的碗，自己也能长寿。”

面对死亡的态度，实际是对生命的肯定和眷恋。各民族虽然观念不同、习俗不同，但有一点是相同的，悼念死者为的是使活着的人生活得更美好、更有质量。

逝者如斯，生者亦如斯。

1995 年 7 月 8 日于桑梓轩

第 三 辑

佛国游历

泰国，一个庙宇如林、香烟缭绕的神秘王国，一个美丽富饶、独具热带风光的旅游胜地。

我是作为一部电视连续剧的编剧随同摄制组来这里选取拍摄景点的。正是酷暑如蒸的七月，太阳把更多的光与热倾注在这北半球的起点上，热带雨林张开双臂向我们倾注着骄阳般的热情。在我们心灵的底片上，不但印下了迷人的山光水色，更印下了这片微笑国土的深情厚谊。

佛陀乐土

人们把泰国称作佛国，果然名副其实。据说，在全国五十余万平方公里的土地上，有大大小小的寺庙三万多座，在东南亚信仰佛教的国家里，仅次于香火更加昌盛的缅甸。在首都曼谷，除了富丽堂皇的大寺院外，沿大街巷口乃至公园庭院，随处可见金光闪闪的四面佛。每一个四面佛都住在建造精美的小亭子里。亭前的供桌上，摆满了干鲜果品，香炉上插着袅袅烟香。不断有人前来跪拜，心诚则灵。导游给我们讲了许多四面佛救人苦难、助人奋发的故事。信不信在其次，这种劝善精神着实令人感动。

在泰国，百分之九十的国民都信仰佛教，僧侣享有很高的地位。每一个男子在一生中至少要有一次削发为僧，否则便不能受到承认和尊重。宗教意识和宗教礼仪渗透在人们的日常生活中，见到男人，要双手合十说一声“萨莫迪康”；见到女人说一声“萨莫迪卡”；见到“人妖”说一声“萨莫迪汉”……

一个骤雨初歇的下午，我们参观了大皇宫。出了喧嚣纷杂的曼谷城区，车行半小时，便进入了一个别有洞天的境地。高耸入云的椰子树遮天蔽日，椰林里碧草如茵，香花星耀。树隙间而或可见一角金灿灿的殿檐和亮晶晶的塔尖儿。穿过林间小路，首先出现在眼前的是一大片绿绒绒的草地。数万只鸽子云集在草地上，时而腾空扯起一天祥云，时而落地绽开满淀荷花。

如同阔大的天安门广场前面是紫禁城一样，这片大草场前面就是大皇宫。走进这金碧辉煌的皇家寺院，我们立即被一种庄严静谧的气氛笼罩起来。没有人再大声喧哗，连脚步都放得轻缓无声。慈悲为怀普度众生的佛祖最先给人的却是一种神圣的威慑力。

大皇宫里，有一座玉佛堂。供奉在里边的那尊玉佛被称作泰国的第一国宝。遗憾的是我们来得不是时候，下午四时半国王要来烧香拜佛，玉佛堂里游人免进了。

泰国是个君主立宪制的国家，国王的身份和地位依然是无比神圣的，国民对国王的尊重和崇拜也依然是不可动摇的。虽然不能进玉佛堂，能见一见国王敬神的场面也是个难得的机遇。

玉佛堂门前，设立着一个硕大的供桌。供桌上摆满了猪羊鸡鸭、海鲜水果等丰盛的供品。几十名穿着白制服、佩着红绶带的男女在供桌前双手合十，垂头端立，神色庄严而又虔诚。内中有一位魁梧英俊的中年男人在唱着经文，声音清亮动听，又唱得非常投入感人。乐队也是穿着白制服，佩着红绶带，面对着供桌端立着，这音乐和吟唱，神奇地攫住了你，使你顿时有一种飘然入境之感。我像众多的游人那样，站在朝拜队伍的后边，也双手合十，垂头而立。这时候我发现，制片主任于朴也默然地站在了我的身边。

直到这个仪式结束以后，我才从导游的口中得知，这些朝拜者是在国家机关供职的工作人员。他们赶在国王到来之前朝拜，一方面是表示对佛的尊崇，一方面是表示对国王的忠诚。

我们还参观了曼谷的金佛寺。五十年前，三个华侨集资建起了一座寺庙。庙建成之后却发现没有佛，他们便到全国各地去寻找。在北部山区的一座寺庙里，他们发现了一尊丑陋的泥佛被冷落在一个透风漏雨的角落里。三个华侨说，既然这尊佛在这里没有人朝拜，我们就把他请回去吧。于是，他们开来吊车，要把这尊泥佛运走。没想到，吊车一吊，绳索却断了。再一吊，厚厚的泥皮脱落了，里面现出了一尊精美无比的纯金佛像。

如今，这四吨半重的金佛被称作泰国的第二国宝。连同当初吊断的绳索和脱落的泥皮也供奉在这座宏伟的庙堂里，成了人们朝拜的圣物。

野生世界

泰国处在北回归线以内，属于热带地区，森林面积占国土的百分之五十以上。在茂密的原始森林里，隐藏着无数种飞禽走兽，那里是野生动物的世界。

大象是泰国人最亲近的朋友。自古以来，它帮助泰国人民在田地里劳作，在城乡间运输，在战场上杀敌，为泰国创造了无数的奇迹，也创造了无数悲壮的故事和美丽的传说。泰国人民热爱大象，尊重大象，曾经把大象的图案印在国旗上，作为泰国的象征。我们在曼谷第三电视台访问的时候，看见门前有两座亭子，里面供奉的都是大象。一个年轻美丽的姑娘燃着一炷香，虔诚地跪拜着。我感到困惑，问导游，告之曰：在这里，大象就像西方的缪斯一样，是艺术之神。于是，我们这些唐明皇的门徒立即双手合十、顶礼膜拜，并与之合影留念。

我们还参观了廊曼机场附近的野生动物世界。这是一片占地五百亩的原始森林，分为两个区域，一个是野生动物园，一个是海洋公园。野生世界的主宰者是动物而不是人类，来自世界各地的珍禽异兽是这里的合法公民，而我们这些参观者却成了不受欢迎的客人。因此，我们必须坐在汽车里，并要把车窗紧闭，以免主人不高兴了向客人发起进攻。

汽车在蜿蜒的林中小路上缓缓而行，身躯硕大的孟加拉虎和雄风强悍的大狮子躺在芭蕉树下，甜甜蜜蜜地酣睡着，对我们的到来熟视无睹。公园管理人员开来了斑马车，这是专门为驱赶动物用的。孟加拉虎和大狮子被惊动了，急忙爬起身来向密林深处逃窜。我们忙举起相机，拍下了它们的狼狈相。金钱豹却不怕斑马车，一只母豹带着它的小宝贝居然爬到了一辆停在路边的斑马车上，研究起了安在车上的高音喇叭；孔雀见到斑马车异常兴奋起来，张开了它那美丽的尾巴在原地打起了转转儿；最善解人意的还是大鹦鹉，它飞落在我们的汽车上，隔着车窗向我们喋喋不休地问候……

出了野生动物园的大门，我们才获准下了汽车。为我们送行的却是大象。别看大象在动物世界里是个庞然大物，它的性情却十分温驯、柔和，还带有几分娇羞妩媚。它双腿跪在地上，用长长的鼻子向我们致意。然后，又用它那长长的鼻子撒娇般地向我们索要着香蕉、饼干和其他食品。

大象是人类的朋友，一切动物都是人类的朋友。自古以来，人类就是在和一切动物的相互依存中进化发展起来的。

在野生世界里，你会强烈地感觉到，地球不仅仅属于人类，也同时属于一切生命。人类作为这个世界的主宰，有责任保护一切生命，保护我们共有的家园。

宝石王国

也许是佛祖的慈悲，也许是造物主的恩惠，把这片美丽而富饶的土地慷慨地赐给了泰国人民。这里土质肥沃，长夏无冬，雨量充足，又大多是丘陵平原地带，除了人为的建筑，几乎每一寸土地都是一片绿色。人们把稻种撒在田里，根本不用浇水施肥，稻米便一年两季三季地献给农田的主人。地上是如此富足，地下埋藏的宝藏更是储量丰富、品种繁多。除了石油和金属外，更令人艳羡的便是那熠熠闪光的宝石。

一个宝石界的朋友告诉我们，泰国的宝石生产在全国工业总产值中排在第二位，每年的出口量有十五亿美元，而从事宝石行业的职员竟达到一百万人。

我们参观了拉玛宝石公司，这是个融开采、加工、销售为一体的企业。在车间里工作的大多是一些技术精良的老工人，机器沙沙旋转着，一粒粒闪光夺目的宝石从他们那灵巧的手指中神奇地脱落出来。然后，他们再把这些宝石，根据不同的形状、大小和质地，镶嵌在昂贵的金首饰上。在展销大厅里，各式各样的宝石首饰琳琅满目、摄人心魄。导游对我们说。这里的宝石比外边市场上便宜好多，劝我们一定要买一些。可惜我们大多阮囊羞涩，消费水准尚未达到这个层次。只有导演鲁晓威和美术设计李兴洲给夫人买了两件小首饰，才使我们这个摄制组没有显得过分寒酸。

为了了解宝石的开采过程，我们从曼谷出发，驱车三百多公里，来到了泰老边界上的一个荒无人迹的地方。我们迷了路，导游请来当地人给我们做向导。汽车在原始森林中披荆斩棘，经过了迷宫般的摸索，我们终于来到了一片开阔地上。前面已经无路了，我们只好下了车。一场暴雨刚过，这里的土质黑红相杂，很黏。踩着泥泞前行，眼前就是宝石矿。

在我的想象中，宝石矿应该在深山里。矿工们应该是举着铁锤，叮叮当当地凿着钢钎，从石缝中把宝石寻找出来。眼前的情景完全不是那么回事，这里没有山，也没有石头。两架挖掘机在黏土地上转动着，把挖出的黏土送到旁边的一个庞大的分离机里。高压水柱在分离机里冲刷着，把宝石跟其他杂质分开。然后，一条管道再把那些含宝石的黏土送到筛选机里。经过若干道复杂的工序，宝石便被筛选出来了。

我原来还想象过，一块小小的宝石便价值连城，矿工发现了，悄悄地藏起来，老板怎么会知道呢？看来我的担心老板早就担心过了，筛选机原来是封闭的。被筛选出来的宝石自动地落到一个密封箱里，只有老板才能把这个密封箱打开。

我怎么也想象不到，戴在女人身上的那些珍贵的宝石，原来是从这黏糊糊、脏兮兮的土地里开采出来的。

水果之乡

我们在寻找宝石矿的途中，路过了监德汶省一个美丽的小镇。这里是著名的水果之乡，街道两旁摆满了各种水果，果摊儿上的女人非常热情地向我们兜揽着生意。

泰国的女人很美，宽额头，深眼窝，身材苗条秀美，只是皮肤黑黑的，倒也别具一番风韵。可是，这里的女人却是白皙娇嫩的，怎么热带的骄阳没有把她们晒黑呢？还有一个奇怪的现象，在曼谷和其他地方，无论男女老幼，原来都是打赤脚的。近些年随着都市文明的发展，人们才穿起了鞋。可是，那自由惯了的两只脚却忍受不了约束，因之大多都赤脚穿拖鞋，无论在什么场合，姑娘们也不例外。然而，这里的姑娘却都穿着半高筒的皮靴，像是北京姑娘冬天的穿戴。难道她们的两只脚不怕热吗？

这一切，是不是跟水果有关呢？或许有一种水果的汁液是不能落在姑娘的脚上的，所以她们才把双脚严严实实地保护起来……

容不得我做过多的遐想，摄制组的同人们都跑到了水果摊儿前。有的在和卖水果的姑娘并不认真地讨价还价，有的在堆积如山的水果前抢着镜头，有的在向导游问询着水果的知识……

有一种水果叫榴莲，像西瓜那么大，样子像个狼牙棒。这种水果被称作果王，很珍贵。但是我们谁也没有勇气去尝一尝，因为它有一个很不雅的传说，跟郑成功有关系；还因为它像中国的臭豆腐一样，吃着香，闻着臭，像臭大粪一样的味道。被称作果后的叫山竹，蜜桃大小，像茄子。剥开它那厚厚的紫皮，里边便是鲜美的嫩肉，很甜。还有一种水果叫红毛丹，像洋大麻籽球，红红的，也非常好吃。我认为最好吃的还数浪岗，样子像蒜头，果肉的液汁很多，还带有一股淡淡的清香……

水果之乡给我们留下了难忘的印象，这不仅让我们饱了口福，更让我们开了眼界。

人妖舞台

到泰国旅游，最吸引人的，还是绝无仅有的人妖表演。

人妖，实际上是一种变性人。有一些人，由于生理上或心理上的原因，常常会产生一种变性现象。譬如，有的男孩喜欢穿女孩的衣服，模仿女孩的动作腔调，甚至有的认定自己就是个女孩。这种现象如果发生在我们中国，就会被看作很反常，家长也会千方百计地加以限制和给予治疗。可是在泰国，就任其发展，还使用手术和药物的办法促进其发展。非但没有人歧视他，还把这当成一件大喜事，谁家出了人妖，亲戚邻里都前来祝贺。

社会上对人妖也很欣赏、很尊重。我们在一家非常有特色的泰国大饭店里用餐，服务员穿着旱冰鞋，飞梭般地穿行于顾客之间。其中有一个提壶送水的就是个人妖，服务非常热情周到，极受顾客欢迎。导游告诉我们，如果哪家饭店有个人妖，生意会很兴隆，老板也会感到很自豪。

我们将要拍摄的电视剧中，其中有一段戏涉及了人妖的生活。为了熟悉人妖，我们来到了旅游胜地芭堤雅，观看了人妖的表演。可以毫不夸张地说，这是一场一流的演出。

剧院是一流的，灯光、布景、服装、音响都是无可挑剔的。歌舞表演据说是从美国请来的艺术大师专门训练的。一个半小时的演出，安排得非常紧凑。个个节目都很精彩，剧场里掌声不绝。虽说是男扮女装，却非常自然舒畅，毫不忸怩作态。演出结束以后，人妖们都来到剧场外边，和观众一起合影留念。当然是要付钱的，自己拍摄，付泰国币二十铢，让他们拍一次成像，付一百铢。

在两场演出的间隙，我们来到后台，对人妖进行了采访。听说我们要拍电视剧，他们都积极主动地要参与，并且不讲任何条件。艺术上的沟通与认同，使我们和人妖的感情一下子拉近了，临别的时候，他们都依依不舍，泪水盈盈……

我忽然领悟到，男人也罢，女人也罢，介乎于两者之间的人妖也罢，所向往、所尊崇、所追求的都是同一个目标，这就是人生与艺术的最高境界——真、善、美。

1994 年 7 月 6 日于桑梓轩

微笑的国度

入夏以来，北京地区持续高温，酷暑如蒸，人们着实体会到了热锅上的蚂蚁的滋味。一部长篇电视连续剧摄制组要赴泰国选取外景，作为编剧我必须随同前往。想到泰国地处北回归线以内，这无异于从热锅上往蒸笼里爬，令人望而生畏。

我们就是带着这种浮躁和焦灼登上泰航 767 空中客车的。下了飞机，一股灼热的气浪立即扑面而来，整个曼谷成了一个硕大无朋的桑拿浴室。在以后的几天里，我们将紧张地以小时计算行期，突兀而至的暴雨又给我们制造了许多麻烦。然而，我们的心境却渐渐地平和下来，因为我们来到了一片微笑的国土上。如同春阳可以融化冰霜一样，这发自内心深处的微笑也化解开了我们心中的烦恼和不安。

一

在现代大都市里，最令人无奈的就是塞车。不管你有多么紧急的事情，只要车子被前后左右的同类堵在马路上，你除了幻想着生出一双翅膀，别无他计。

曼谷的塞车是举世闻名的。据说，曼谷的常住人口有六百万，流动人口有四百万，可是各种各样的汽车就有三百万辆，平均每三个人就有一辆汽车。很显然，当初在兴建曼谷城的时候，设计者并没有想到会有今天的繁荣昌盛，街道和马路留得过于狭窄了。现在，从廊曼机场到曼谷城，重新修筑了一条高速公路，可以并排行进四辆汽车；而在曼谷城里，也如同在广州城里一样，一条条高架路凌空而起，交织如网，使这个城市显得更加拥挤繁杂。尽管如此，这狭窄的咽喉依然无法吞吐这数量惊人的车辆。

第二天一早，我们匆忙起床，匆忙用餐，匆忙上车，准备赶到一个预先定好的景点上去。然而，急也没用。曼谷的行车跟中国内地正好相反，是靠左边行走的，这让我们在塞车的煎熬中又增添了几分别扭。车刚出饭店，需要掉头插到右边的路上去。司机把车开进一个巷口，准备往右边的路上插。没想到，连左边的路也进不去了。两边的车辆像是凝结在路面上一样，一动都不能动。

时间一分、五分、十分地往前挨着，半个小时过去了。我们的汽车仍然趴在巷口窥伺着，连一点儿前进的希望都没有。天气阴沉沉的，下着雨。气压很低，尽管车里开着空调，还憋闷得喘不过气来。这个巷口又恰好在一座高架桥下，更加感到压抑。中国人喜欢抱怨，喜欢发牢骚，我们这些所谓的知识分子，更患有愤世嫉俗的通病。于是，我们对曼谷的交通乃至整个世界的弊端开始毫不客气地针砭挞伐。似乎这样就可以解决塞车问题，似乎革命家抑或救世主就是这样诞生的。

平心静气的只有一个人，那就是泰国的导游。他既没有对这司空见惯的塞车抱怨什么，也没有对我们的抨击表示不满，而是用一种认真负责的精神跟我们探讨起了如何解决交通问题，比如说，像新加坡那样，车到十年就报废。这样固然可以减少许多车辆，可是穷人就该有意见了。富人不怕，他们总是不断地换新车；普通老百姓不少都是买的二手货三手货，买到手里没开多久就让它报废，行吗？再比如说，限制单双号，这样也对穷人不利。因为穷人只有一辆车，可每天都要出去挣钱……

听着导游的这些话，我们被深深地触动了。看来，他们对塞车问题不是无动于衷，而是经过反复认真的思考和研讨了。

从旅游胜地芭堤雅回来，颠簸了整整一天，又饿又累，急于回宾馆好好洗个澡，吃点儿东西。可是车塞在曼谷城边上又一动不动了。这回我们不再抱怨，因为实在是没有力气也没有心思了。我们睁开困倦的眼睛，心灰意懒地望着窗外。

就在我们的车窗下，几辆摩托车依次停了下来。差不多每一个开摩托车的小伙子，后边都坐着一个姑娘。我们幸好坐在有空调的汽车里，而他们却暴露在毒烈的阳光下，还要戴着头盔。可是他们并没有表现出不耐烦，更没有抢行争路，而是静静地、极有耐心地等待着。

旁边还有一辆学生专用的篷车，车上坐着一圈儿二三年级的小学生。没有一个人喧哗吵闹，小小的年纪便显示出了这个民族的平和与安详。有的小学生还把书包打开，在膝盖上做起了作业……还有几个妇女把车停靠在路边上，提着包儿走了。十几分钟后，她们拎着从市场上买来的蔬菜又钻进了自己的车里……

渐渐地，我们被这种温和不躁的情绪感染了。美术设计李兴洲拿出了他画的草图，拉着我和执行导演范建国研究起了设计方案……

二

泰国堪称是一片微笑的国土。在整个访泰期间，尽管我十分留意，也没有发现一个吵架的，连普通的争执也没有看到。在这么一个拥拥挤挤、纷扰繁杂的空间里，不但能保持一种平和的心态，而且能对任何人都宽容友善，着实难得。

世人都知道中国是礼仪之邦，到了泰国，才知道人家的礼仪远胜于自己。与人相见，都要双手合十，垂头问候。

我这样欣赏和尊崇友邦，并不是说泰国就是个只把微笑和友善给人、自己不求任何私利的君子国。不是的，泰国人也要谋生，也要赚钱，在赚钱问题上，特别是在生意场上，泰国人确实没有华人精明。据说，泰国百分之八十的经济命脉掌握在不到百分之二十的华人手里，这已经足够说明问题了。当地华人把这种赚钱本事的高低说成是文化上的差异。有这样一个笑话，说泰国的民族舞蹈总是伸手的时候是五个指头，回手的时候是三个指头，就是说出五个收三个，赔了两个；而中国的京剧是两个剑指伸出，回来是五个指头捋髯，就是说出去两个回来五个，赚了三个……

陪同我们的两个导游是华裔泰人，每天陪着我们昼夜兼程，不可谓不辛苦；帮助我们跟各界人士打交道，不可谓不热情。然而他们也赚钱有道。我们刚一入境，他们就千叮咛万嘱咐，不可随便到外边换钱，因为市面上有不少假钞；不可随便到外边买东西，因为难免会上当受骗。渐渐地，我们便发现这好心的背后，掩藏着不少他们自身的利益。先说换钱，几乎所有的大商场都有外币兑换处，一元人民币换三个泰国铢，而在他们手里只能换二点六个泰国铢。再说购物，我们几次三番地要求带我们到周末市场或夜市小摊儿去转一转，他们都找各种各样的借口拒绝我们。临离开曼谷的前一天，我们再一次提出了这顽固的要求，他们便答应下来。汽车在交通最堵塞的地段兜起圈子，几次遇到类似的商场都不让我们下车。转了两个多小时，他们却莫名其妙地带我们进了一家皮货商店。这里出售的是鳄鱼皮、大象皮等高档商品，同时进来的还有另外几个旅游团，我们才知道又上当了。我们很气愤，在那里草草转了一圈儿，便毫无兴趣地往外走。

导购小姐拦住了我们，买点儿象牙首饰吧，便宜呀！

我摇摇头说，没有兴趣。

导购小姐说，什么都不买，不是白来一趟吗？

我不满地说，不是我们自己愿意来的，是导游带我们来的。

我这句话也许一针见血地戳穿了这其中的奥妙，导购小姐的脸立即沉了下来，用一种恼怒的目光看着我，我也看着她。我们的目光相视着，虽然没有说什么，可脸上的表情却把心里的意思表现得明明白白。就在这一刹那间，导购小姐大概想起了自己的职业，冲着我笑了。那笑容绽开在她那娇艳的脸庞上，很灿烂。我心里一动，脱口说，水晶晶呀（泰语：好漂亮呀）！

导购小姐立即操着职业用语说，谢谢。

旁边为这紧张的一刹那提心吊胆的人也释然地笑了。

我心中的不满也随着这灿烂的微笑化解开了。

三

我认为，泰国人的温和、宽容和友善是跟他们的宗教信仰有关的。泰国庙宇成林，香烟缭绕，穿着红黄袈裟的僧侣随处可见，百分之九十的国民都是佛教徒。每一个泰国男子一生中至少要有一次出家为僧，宗教意识渗透和沉淀在人们的日常生活之中，成了全民族的集体意识。

一个周四的下午，我们来到曼谷旧城的大皇宫参观。这是一座富丽堂皇、宏伟壮观的皇家寺庙。内中的玉佛堂被称作泰王国的第一国宝。不巧的是，这天下午四时半国王要来这里进香朝拜，玉佛堂不对外开放了。

四时未到，大皇宫内外便高度紧张起来。僧侣们穿戴整齐，集合待命。皇家卫队三步一岗，五步一哨，连游人都停止了交谈，放轻了脚步。然而，不管多么紧张，人们脸上的表情依然像慈悲的菩萨一样，洋溢着平和的微笑。我和执行导演范建国朝皇宫外走去，正跟一个荷枪实弹的卫士打个照面。我们正不知所措，没想到那个卫士却靠在一边给我们让路，并冲我们友好地点了点头。我们得寸进尺，示意要跟他合个影，他很高兴，照完了相，还非常热烈地跟我们握手告别……

大皇宫外，是一个绿色的大草场，草场上翔集着成千上万只灰色的鸽子。我们走过去，泰国女人立即向我们兜售喂鸽子用的玉米，每小袋十个泰国铢。我们喂着鸽子照相。泰国女人始终在一边热情地帮助我们，一会儿把鸽子召唤落地，一会儿又把鸽子赶向天空。那份天真和欢畅，把我们亲密无间地融合在一起了。直到我们汽车开出了好远，她们还在向我们挥手告别。她们的背后，是金光灿灿的大皇宫，同样金光灿灿的晚霞投射在她们的肩头上，无数只鸽子在她们的头顶上绽开了翅膀，和她们一起欢送着来自异国他乡的客人。这画面真美！

1994年7月7日于桑梓轩

神奇的大峡谷

我是从一个哀凉的故事中知道科罗拉多大峡谷的。一对中国夫妇，历尽千辛万苦，在美国留学、求职、申请绿卡，最后有了稳定的工作，有了洋房、汽车，还把儿子和女儿从国内接了出来。他们已经过了知天命之年，本来可以喘一口气，相厮相守安度晚年的。可是这时，妻子却得了癌症，而且已经到了晚期。在生命的最后时刻，他们来到了科罗拉多大峡谷。在茫茫苍苍的大峡谷上，两个人相拥在一起。脚下是万丈悬崖，周围是褐色的岩石，苍鹰在他们的头顶上盘旋，金色的晚霞把他们映衬得犹如一尊峭岩上的雕塑。他们和雄浑壮阔的大自然融为一体，找到了上帝，听到了来自天国的声音……

这幅画面时时在我眼前浮现，我深深地觉得，在莽莽苍苍的大自然里，人类是显得那样的渺小而无助；因而也只有和大自然融为一体，人的生命才能找到根基，获得灵魂的永恒。

这个故事是在两年以前听说的，我盼望着到科罗拉多大峡谷，体验一下大自然的无穷魅力。这一次去美国，一下飞机我便和友人一起参加了一个参观大峡谷的旅游团。

大峡谷位于美国西北部的亚利桑那州，这里是一片荒凉干旱的高原，除了少量的灌木和耐旱的杂草，很少见到生命的颜色。亿万斯年前，湍急的科罗拉多河冲刷着这片高原，经过了漫长的岁月，一条巨大的横沟以光怪陆离的神态被雕刻出来。但它却一直深藏在这个与世无争的地方，孤独地等待着上帝的呼唤。直到1540年，才被一支寻找宝藏的远征队意外地发现。大峡谷的神奇吸引着无数的猎奇者，慕名而来的游客趋之若鹜。1919年，威尔逊总统正式批准大峡谷为国家公园，面积达一千一百平方公里。

午后的阳光依然非常强烈，风也很大，这更加让大峡谷显得壮观险峻。大峡谷两岸都是红色的巨岩断层，悬岩嶙峋，千姿百态，如奔马，如猛兽，如巨龙，如沉思的老者，如怀春的少女……重峦叠嶂的山岩下，夹着一条深不见底的峡谷，最宽的地方二十九公里，最窄的地方也有六公里。而今，科罗拉多河早已经改变了流向，可是站在寒风凛冽的绝壁上，仍然可以感觉到在那幽深的峡谷中惊涛拍岸、奔腾咆哮、石破天惊的壮阔景象。

映照在灿烂阳光下的大峡谷，扑朔迷离，变幻无穷，时而紫色，时而深蓝，时而棕色，时而又变成金灿灿的赤红色。在这苍茫迷幻中，一种天人合一的感觉神秘地降临了，似乎每一个人都变成了大峡谷上的一块岩石，或者悬崖下一只自由飞翔的雄鹰。

2000年2月24日于洋桥

箱根温泉

出东京新宿西南行一百公里，乃是举世闻名的箱根温泉。汽车下了东名高速公路，沿着蜿蜒曲折的山路盘旋，便驶入了独具日本风格的箱根小镇。小镇两旁是日式建筑，多为两层或三层的木结构小楼。一栋紧挨着一栋，非常紧凑，更是非常精巧。到日本之后，强烈的感受便是小巧精致。中国人好大喜功，有了钱喜欢开大车、住大房、看大彩电，而跑在日本大街上的却多是小小的甲壳虫似的小汽车。人家肯定比我们有钱，可是开这么小的车却不觉得跌份儿。由于小，便精，精得有时候让人觉得过分。排列在箱根小镇上的楼房小院精细得像一件件艺术品，精密的铁门木窗，刻意雕琢的悬梁立柱，永远像是刚刚粉刷过似的墙壁，包括半米多高的小栅栏，都是用不锈钢组装起来的。还有围栏上或小院里的绿色花草，更是设计得独具匠心。这种小而精，会让你觉得这不是用来住宿使用的，而是专门供给孩子游戏的。

每一幢小楼上都悬着风格各异的幌子，上面写着每一家温泉的名字。就是说，每一家都是一个温泉旅馆，每一家都接待远方游客。只见幌旗飘扬，却没有像中国大陆那样招摇的拉客者。偶尔从一家小门里出了两三个穿着和服的结伴女人，更增添了小楼温泉的神秘。

我们没有在小镇上停留，尽管这小镇对我们充满了极大的诱惑力。我们的汽车一直朝着原始森林的深处进发，来到了最具胜名的“森林SPA温泉乐园”。这群宾馆式的现代建筑，大抵分为三个部分。

第一部分是室内的高科技乐园，包括温泉游泳池旁边玩儿打仗游戏的电子水枪，激流翻滚的温泉滑梯，魔幻般的水幕电影，还有让人尽情玩耍嬉戏的喷泉，等等。值得一提的是，在这里玩耍得非常疯狂的不仅仅是孩子，许多成年人甚至老年人都重新焕发了童心，与年轻人一起无拘无束地戏耍起来。不必相识，我端着池旁的水枪向一个日本老人扫射，又冲一对情侣开火，他们便立即迎战。枪林弹雨中，肆无忌惮地交流，畅快淋漓地宣泄，使异族顿时成了亲朋。

通过一个玻璃门，进入了第二部分，名为地中海神话色彩的温泉主题公园。这里有神奇的爱琴岛，由三个岛屿组成的大型温泉，有水神殿、冒着彩色气泡的喷泉、帘洞般的水屏；有古罗马入浴方式的圆形浴池，水池上有光滑的石炕，躺在石炕上被热烘烘的石板熨烫着，舒服得令人昏昏欲睡；还有土耳其宫殿式浴池，豪华的装潢、西亚风格的音乐、池旁滴着酒的大木桶，让你体会到了中世纪土耳其贵族奢华的生活。沿着溪谷朝森林深处走去，是形形色色的露天温泉和天然溶洞。几乎每一个浴池都在山岩下面，看似绝壁却别有洞天，且都有着不同的特色。穿着比基尼的各国姑娘尽情展露着美妙的胴体，一对对情侣在这相对隐蔽的温泉里温存缱绻、交颈蛇缠。也看到一对很年轻的同性恋者放肆地亲昵，有点儿不习惯。

日本的温泉我们在许多文学作品中读到过，也曾引发过许多有趣的遐想。譬如川端康成写的《伊豆的歌女》，还有关于男女共浴的习俗。我问带我们前来的日本友人，他说别的地方的温泉有男女共浴的。如果你想在这里男女共浴，需要进专门的包间温泉，要付费的，且多是一家人或朋友们一起沐浴。他问我要不要开一间，我摇了摇头。

没有见到男女共浴，却体验到了真正的日本裸浴。裸浴是男女分开的，中间隔着一道竹子夹成的篱笆。进裸浴区先要脱掉泳衣，有专门存放泳衣的地方。跟我们一起来的大井君没有脱泳衣，被门口的服务员拉了出来。就在服务员拉大井君的一刹那，我突然发现这服务员却是位中年妇女，面对着满目的裸男，这位大姐却神态自若地执法如山，顿时让我感到有些惊异又紧张。在此之前，我也见过在卫生间打扫卫生的也多为女性，她们在工作的时候任客人方便，从不回避。日本人确实不像我们那样在性别之间人为地划成森严壁垒，在男人的裸浴温泉里也常见一些男人带着自己的女儿进来。女孩儿有的两三岁，也有的七八岁或十来岁，她们跟着父亲或别的什么亲属一起非常自然地玩耍，没有人大惊小怪。男人温泉里有石头温泉、泡沫温泉、丝柏温泉，有能起到强烈按摩效果的挨打温泉，还有大木桶、桑拿房、洗浴间，等等。

我们在箱根温泉只待了一天，意犹未尽。特别是回去的时候汽车又路过箱根小镇的时候，看到一栋栋灯光明灭的温泉小楼，挡不住的诱惑又激起了一种强烈的欲望：什么时候能在这梦幻般的小镇上过一夜呢？

2002 年 8 月 24 日于桑梓轩

百老汇看歌剧

纽约的百老汇，紧邻42街。百老汇一家挨一家的大剧院和42街鳞次栉比的色情场所同样举世闻名，为高雅艺术和低俗表演而来自世界各地的游客亦同样趋之若鹜。在百老汇街拐角的一家麦当劳餐厅里，同时张贴着百老汇各大剧院上演的剧目广告和各色情场所最新推出的脱衣舞女郎。萝卜白菜，各有所爱，任你自由选择，市场化的艺术和艺术化的市场绝不厚此薄彼。

友人请我看的是《歌剧院的幽灵》，这部歌剧在百老汇那家古老的剧院里已经连续上演了二十多年，场场爆满，经久不衰，可谓经典之作了。每张票八十五美元，说明书十五美元，按人民币与美元的汇率，价格自然不菲，但是按美国人的收入与支出相比，恐怕与国内的文化市场也差不许多。

去纽约的一个很大的愿望就是看一场歌剧，哪怕是附庸风雅也要体验一次，谁让我忝为北京人艺的专业编剧呢。

有朋友说，看歌剧是一种很高雅的行为，一定要穿西装、扎领带，摆出一副绅士和贵族架势，否则你将会非常尴尬。于是大冬天的我用行李箱专门带去了一套西装，还跟朋友要了两条高档的领带，恐怕给国人丢脸。可是到了剧院门口我便如芒刺在背了，尴尬的正是因为我这套笔挺的西装。在我前后排着队的美国人或者别的什么国的人，都穿得随随便便，大多是休闲装旅游鞋。一位同胞见我不自在，便友善地问我，你是从中国来的吧?然后他更加友善地指导我说，在美国，人们的穿着是非常随意的，原来在大公司上班要求穿西装扎领带，现在也都改了，全都穿休闲装。美国是个自由的国家，在服装上便可见一斑了。

那个剧院是非常古老而陈旧的，我敢说，无论规模气魄还是装饰，都无法跟北京人艺的首都剧场相比。我们也有值得自豪的地方。但上座率绝对是很高的，几乎是座无虚席，我的这张票还是早在一个多星期前友人提前预订的。

大幕未开之前，便见舞台上放着一个巨大的玻璃建筑物，占据了整个舞台中心。我弄不清这是一个什么道具。演员上场以后，又有七八个人在这建筑物上高歌纵舞。突然，随着一声巨响和弥漫的烟雾，那个巨大的建筑物连同建筑物上的演员腾空而起，飞过观众的头顶，高悬在剧场的上空了。这玻璃建筑物原来是一个吊灯，与吊灯同时被吊上去的演员又从天而降，回到了舞台上。

大幕一开，便令人唏嘘惊叹，同时也构筑了整部戏的风格。在国内，我们的一部戏能上演百场便很不错了，而百老汇的戏大多演十几年几十年，靠的是什么呢?故事好看，演员是一流的，还有缕缕不绝的观众资源，但这好像都不是主要的。让观众感受最强烈的是舞台上的富丽堂皇、眼花缭乱、异想天开。

看完歌剧不久我便在美国看了电影《泰坦尼克号》，电影院里的感觉依然是强烈的。高科技、高成本、大制作已经主宰了美国的各类艺术。我们的《茶馆》在一间旧房子几张破桌子中间演绎出了一场令人荡气回肠的人生悲剧，靠的是导演和演员。占领舞台的是演员，观众看的是演员，舞台上培养出来的也是演员。而在美国的舞台上，感觉到的却是金钱堆积起来的梦幻般的世界，而演员亦被梦幻般地淹没了。

在百老汇看歌剧，看到的是一个经济大国的缩影。

2000 年 2 月 12 日于洋桥

朝鲜女人

长白山绵亘万里，连接着中国和朝鲜。在我们驱车来到鸭绿江边的长白镇的时候，这里刚刚开通了长白山至惠山市的中朝一日游。

从电影和舞台上，朝鲜族女人曾给我留下过两个最深刻的印象：一是那自然而又标准的笑容，使人觉得有如春花春阳般妩媚和温暖；二是头上顶着瓦罐之类的物件，步履轻盈优美宛如杂技演员。我们跨过鸭绿江，进入朝鲜内地之后，这种感觉便愈加变得清晰而真实了。

无论在城市还是乡村，行走在路上的朝鲜女人头上几乎总是顶着东西。有的顶着瓦罐，有的顶着箩筐，有的顶着箱子，有的顶着麻包。我原以为，朝鲜女人把东西顶在头上，为的是把双手腾出来。因为我看到，不少妇女头上顶着物件，背上背着孩子，两只手里还提着包裹之类的东西。可是后来又发现，不少妇女头上顶着东西，双手却是空的，一前一后有节奏地摆动着，走起路来娉娉婷婷、婀娜如舞。后来在路边的山坡地里，我又看到几位妇女在烈焰般的骄阳下，头上顶着巨大的石块朝山头上登攀着。这时我才有所悟，她们不用手搬，不用肩扛，不用背背，或许身上最有力的部位便是头了。

我开始以为只有成年的妇女才用头顶东西，后来看到豆蔻年华的少女们也把东西放在头顶上。甚至刚刚上学的女娃，也用头顶着书包走在回家的路上。我还注意到两个烫着发的时髦姑娘，头上却顶着大包的青菜，一点儿都不顾及这样会把发型压坏。这或多或少地让我感到沉重，我总觉得人的脑袋是个娇贵的部位，怎么能经得住如此的重负呢?

在惠山市艺术学校的舞台上，我的这种心境放松了。学员们为我们表演着表现朝鲜妇女劳动热情的舞蹈。几个身着艳丽长裙的姑娘，顶着瓦罐翩翩起舞，脸上的笑容山泉般地流淌着——这便是铭刻在我心中的朝鲜女人的形象。

在惠山市的街头上，几位妇女，每人头上顶着一大包土豆，在一起说笑，脸上的笑容同样是灿烂的。我心里为之一动：朝鲜女人是伟大的，她们把生活的沉重顶在头上，却把轻松的笑容无私地献给了别人。

1992 年 7 月于八道江

汉字的魅力

我和友人薛晓书到箱根温泉，是一位日本老人开车带去的。我们不懂日语，老人不懂汉话，一路上汤汤水水的事情肯定很多，怎么交流？我有点儿犯难了。安排这次活动的华人女作家叶青说，没关系，你们可以用汉字交流，实在不行就给我打电话，我在电话里替你们翻译。

老人来宾馆接我们，先用名片互相认识。我指着自己的名字说，Wang……又指着薛晓书说，Xue……而他则指着自己的名字说，WoYi……我看到他的汉字名字是大井惠夫，原来“大井”二字是这样发音的。于是，他叫我们 Wang 和 Xue，我们叫他 WoYi Sang，即大井君。就这样，他开车，我坐在前面，薛晓书坐在后面，一路上便“口诛笔伐”地交流起来。

大井是一个很和蔼可亲又童心未泯的老人，我写下“年龄”二字，他写下了“73”，我们夸他年轻，他开怀大笑起来。我问他去过北京吗，他点了点头，还写下了“北京广大”“王府井”

等字样，我写道：王府井。他向我竖起了拇指。

这样的交流不但很方便，还很有意思。这不得不让我想起了秦始皇“书同文”的伟大贡献。中国幅员如此辽阔，十里不同音，百里不同俗，语系如此繁杂，居然可以用小小的方块字最大限度地统一起来。无论是吴侬软语，还是福建方言，抑或广东客家话，听着云山雾罩，写出汉字来却一目了然。没想到，不仅仅是在国内，到了海外东瀛，汉字依然有着独特的魅力和无穷的潜能。

用汉字交流，还要考虑日本人使用汉字的习惯及一些汉字的写法。比如“吃”字要写成“喫”，繁体汉字；“厕所”要写成“化妆间”；“等一会儿”要写成“待时间”。他问我，中国归国何日？我回答，23 日中午。他写道，早急？我回答，计画。他明白了。“计画（计划）”两个字一定要这样写，我见过的。望文生义，这都是不难理解的。

也不是所有的交流都能很顺畅地进行，也有许多可笑的误会。晚饭我们吃的是“洋餐”，这是日本人的说法。点完了菜，他问我喝什么酒，写的是日本片名拼音，我看不懂。大井只好用手比画，我明白了，点了意大利酒。他又写下了一个用片名拼的词，我自作聪明，以为他问我要什么饮料，便写了个“水”字。过了一会儿，咖啡上来了。他的咖啡是热的，而我和薛晓书的咖啡却是加冰的。我恍然大悟，原来我写那“水”字的时候，下笔的时候顿了一下，他看成了“冰”字。回来后我问翻译李华艺小姐，大井君那个片名拼写的果然是“咖啡”二字。还有，我说欢迎你再到北京去，他很高兴。我写道：北京请你喫二锅头，他写下了“有難”二字，我理解他可能觉得二锅头的劲儿太大了，他承受不了。李华艺说，这两个字的意思是谢谢。

大井的脾气很好，对我们照顾得无微不至，又非常认真。我们泡完了温泉，穿好了衣服，他打电话向叶青汇报。叶青在电话里告诉他，还有一个很好玩儿的地方我们没有去。他立刻让我们重新脱掉衣服，带我们将没有去的地方补上。我跟薛晓书开玩笑说，今天让“皇军”伺候了我们一天。对了，大井的长相颇有点儿像陈述扮演的皇军，所以我们背后便叫他“皇军”。薛晓书说，当“汉奸”也不容易，要会汉字，还是繁体的，要会汉语拼音，要会英语，还要知道日本人如何写汉字……这得多大学问啊。

“皇军”也好，“汉奸”也罢，临分手的时候，大井紧紧地握着我们的手，眼睛里闪着泪花。我们的心里也热热的，油然的感激加上悠悠的情义，还真有点儿依依惜别了。

2002 年 8 月 25 日于桑梓轩

好莱坞的 STUDIOS

STUDIOS 是模拟电影制片厂，差不多相当于我们所说的电影城，在这里你可以了解电影制作的无穷奥妙和电影发展的最新成果。

这个电影城很大，花二十九美元买一张票就像进入了迷宫里。进门后的大道上，有两个漂亮的女演员穿着外星人的服装，挥着宝剑迎接着来自世界各地的宾客。不断有人跟她们一起合影留念，她们很高兴，做出各种各样的姿势，还常常跟孩子们打斗几下，非常开心。

我们进入了一个叫作“水世界”的地方，像是一个露天剧场，一面是舞台，舞台前面是一个停放着船只战舰的湖泊，似乎是一个军用码头，其他三面则是观众席。演出开始前，有三个武侠装扮的男演员跟观众开着玩笑，他们用水枪喷观众，还拿水桶往观众席上泼水。三个人各分一面，煽动着观众的好斗情绪，哪边叫喊的声音大，他们就把水泼向哪边的观众。美国人总保持着一份童心，很快便激情高涨，即使被泼了一身水也非常高兴。

演出开始了，这是一个英雄救美的电影的片段，取其中一段最激烈的战斗场面。一个女孩骑着摩托艇在水面上进行着特技表演，突然被敌人的军舰发现，女孩被抓上军舰，受尽严刑拷打，最后被绑在甲板上。一艘炮舰来救女孩，双方展开了激烈的战斗。远距离的炮火轰鸣，近距离的拼杀格斗。女孩挣脱绳索爬上高高的岗楼，又攀着缆绳从空中滑过，掉进水里。一个小小的战场，连火箭炮、战斗机都用上了。枪林弹雨，火光冲天，硝烟弥漫，惊天动地，最后军舰被击沉，战斗机从空中栽下来，在烈火熊熊中女孩被解救出来……

一场二十分钟的演出，激烈得让人喘不过气来。

从“水世界”出来，我们又进入了电影制作中心。这里专门向观众破解电影中的精彩镜头是怎么拍出来的。

先是讲车战的镜头，这是美国电影中常见的。主持者选了几个观众，让他们充当演员，有男有女，有大人有孩子。他们坐进一辆即将参加激烈战斗的汽车里，摄影机就架在汽车的前面，拍摄的镜头又直接反映在银幕上。开始拍摄了，原来这辆汽车只有车厢，没有车头。车厢被架在一个活动框上，两个大人在外面摇晃着。驾驶员和车里的孩子吓得嗷嗷怪叫，惊恐万状。映在银幕上的镜头加上了事先准备好的音响效果，非常逼真。

还有一个镜头是一个老人爬到教堂的屋顶上，双手攀着大钟的指针。一阵雷鸣闪电，老人被击中，浑身冒烟，变成了一具骷髅。我们正在发蒙，不知道这是怎么回事。大钟突然旋转了一下，老人依然攀在大钟的指针上，原来借着雷鸣闪电钟面被翻了过来。

最刺激的要算是自由女神像上的搏斗了。

一个女孩在纽约自由女神像手中举着的火炬上与歹徒进行着激烈的搏斗，女孩被打得精疲力竭，双手紧攀着女神像手上的虎口部位。歹徒还在向她进攻，女神像虎口部位又光又滑，女孩终于攀不住了，从耸入云端的自由女神像上掉了下来。这个镜头是怎么拍摄的呢？原来事先做好了一只举着火炬的女神像的大手，就放在地面上。女孩双手攀着女神像的虎口，突然大手的模型被悬空吊了起来，女孩没动，举着火炬的大手上升了，加上原来配好的曼哈顿高楼大厦的背景，就像女孩从空中掉下来一样。最惊险的镜头却是最安全的，可见电影工作者的聪明才智和良苦用心了。

STUDIOS 里还放映着各种各样的电影，有最新的影片和特制影片。如环球银幕、立体电影、有味电影，等等。最刺激的电影是让你进行全方位的感受，电影开始以后，一艘轮船在风浪中激流勇进，颠簸得非常厉害，船上的人东倒西歪，晕得呕吐起来。这时候，台下的座位也随着轮船颠簸起来，似乎所有的观众不是在电影院里，而是在电影中的轮船上。

还有更出人意外的，银幕变成了一个舞台，一个小女孩在台上打开了一个柜子。柜子里满是可怕的老鼠。老鼠蹿出柜子，满台乱跑，成千上万，密密麻麻，整个舞台都被老鼠占领了。老鼠仍然越聚越多，舞台容不下了，发了疯的老鼠一齐朝台下跑来。

紧接着，每个人都觉得自己的鞋帮被撕咬，裤脚被拽动，都慌得跺脚躲避，突然老鼠钻进了裤腿，顺着小腿向上爬去，腿部痒得难受，更吓得大呼小叫。折腾了好一阵，老鼠消失了，银幕上却突然出现了一只小巴狗。小巴狗冲你做着鬼脸，一呲鼻子，将水花喷到了每一个观众的脸上。随着一片余悸未消的笑声，放映厅的灯光亮了。

2000 年 2 月 20 日于洋桥

白宫与克林顿

来到美国首都华盛顿，总要去白宫逛一逛，看看这个世界上第一超级大国的总统工作和生活的地方。愈是让人感到神秘的东西，当你走近它的时候，愈觉得普通。这不过是一所白房子，跟许多美国亿万富翁的私人官邸相比，它显得狭小得多，也朴素得多。如同美国的国会大厦也是白色的一样，那是因为当初建造的时候没有钱涂上别的颜色，才保留了这原始的白色。

在一般的情况下，白宫是对外开放的，而且对各国的游客开放。他们大概不怕泄露国家机密或危害总统安全什么的，也不担心总统的俭朴或奢华的私生活暴露在光天化日之下。但参观白宫也不容易，需要早起排队领票，每天只开放两个小时，还限制人数。早上八时开始发票，我们五点半就跑来排队，生怕万里迢迢来的进不了白宫。

这一天下着小雨，我们打着雨伞在白宫的右侧等候。那是一条很僻静的街道，不通汽车，也很少有行人。只见一个晨练的男子停下来高声呐喊，喊的是什么不知道，大概是发泄着什么。也有一些美国人陆陆续续地前来排队，一声不响，安详得似乎还没有睡醒。就这样等了两个多小时，白宫的工作人员来上班了。很快打开门，很快发票，每人最多可领四张。我和同学高尔品一起来的，两个人要了三张票，留下一张作为纪念。

领完了票再去吃早餐。白宫的前面有一家麦当劳，克林顿当上总统后，每天到那儿去吃早餐。于是，不少人为了与总统共同进餐，一大早就赶来排队，这家餐厅一下子火了起来。后来一个疯子在白宫前开枪扫射，保安人员担心克林顿的安全，不允许他再出来吃早餐了。但白宫依然对外开放，那家麦当劳依然火。

说实在的，真是看景不如听景，白宫着实没有什么好参观的。就那么一栋楼，楼里的一些房间有的布置成红色的，有的布置成蓝色的，这是因为某位总统的夫人之所好。这颜色各异的房间竟成了白宫的一景，可见白宫也拿不出什么特色吊世人的胃口了。半个小时不到，就参观完了。不惋惜的是照了几张相片，拿回去可炫耀自己到过白宫。如此而已。

我们原来以为，美国人藐视权威，敢公开骂总统，敢在报纸电视上反对总统，还敢到法院告总统，也太不拿自己的一国之君当回事了，那还不天下大乱等什么呢？就在我访美期间，还看到报纸上登这么一幅漫画。那是因为不断有人告克林顿性骚扰，克林顿为了树立自己模范丈夫的形象，带着夫人去海边度假，还穿着泳衣在海滩上长吻。漫画就画的是他们在长吻，下面的一行字是：你们可以分开了，摄影师早在二十分钟之前就走了。

可是跟美国的公众交谈起来却发现完全不是这样，他们对自己直接选出来的总统非常热爱、非常尊重，谈起来便洋溢着一种发自内心的自豪感，像是在炫耀自己的老朋友。也是克林顿的政绩卓著，这几年美国经济异常繁荣，失业率、犯罪率都下降到历史的最低水平。美国是一个崇拜英雄因之也英雄辈出的民族，歌星、影星、体育明星是人们的偶像，总统同样也是人们的偶像。报纸上电视上几乎每天都能见到总统的形象或见到总统的消息，不只是千篇一律的政务活动，而大多是总统的私生活。几乎连小孩子都知道，总统有一个女儿，学习非常用功，考上大学后克林顿夫妇亲自扛着行李送她到学校；还知道总统家有一条小狗，叫把弟，这小狗非常调皮，常常让总统夫妇出洋相；圣诞节的时候，克林顿在家里的圣诞树上挂满了礼物，请来十几个小朋友做客。小朋友们进门后就争抢树上的袜子寻找礼物，把克林顿晾在了一边，使总统很尴尬……

对于有人告总统性骚扰一事，美国人也有自己的看法。有人认为，你要想当政治家，就得自幼洁身自好，把自己修炼成一个堂堂正正的君子，因为你将代表的不是你个人，而是一个伟大的国家和一个伟大的民族；也有人认为，总统也是人，也应该有自己的私生活，他的隐私也同样应该受到尊重，总统的使命应该是把国家管理好，而不仅仅是把自己修炼成一个圣人。至于性骚扰一案能否成立，有人认为克林顿仪表堂堂、才貌双全，要是没有女人追他才怪呢；可也有人说，有的女人为了使自己出名，就想方设法往总统的身上靠，哪怕用丑闻沾上总统的边也在所不惜……

白宫固然简单，可白宫里的故事却起伏跌宕、错综复杂，然而你要想找到一个标准的版本，却不容易。白宫还是神秘的。

1998 年 2 月 28 日于通州宾馆

好莱坞的追星族

时令已进隆冬，洛杉矶依然是风和日丽，温暖如春。好莱坞日落大道上的棕榈树有如高不可攀的性感女明星一样傲视着来自世界各地的游客。大道两边的路面上，镶嵌着无数块铜牌，人们低着头寻找着铜牌上自己熟悉的顶尖级的著名影星和导演的名字。据说有一个铜牌上雕刻着中国人的名字，我和朋友们找了半天都没有发现。有一些铜牌是空白的，那是留给即将出现的新星的。友人说，应该有一块属于我的，我说我早已经过了做梦的年龄。

话是这么说，不再做梦的我却糊里糊涂地当了一回可笑的追星族，确切地说，应该是追追星族，我追的不是星，而是那些追星的人。

傍晚五点半，我们路过中国大剧院附近，看到剧院门前围了许多人，还有警察在维持秩序。一问，方知剧院将有一个新片的首映式，某个大牌明星要来参加，围观的人都是在等着一睹巨星风采的。于是，我们也自然地挤进了守候的队伍中了。友人胡先生说，要是女明星莎朗·斯通来，我就跪在她的面前。我不知道他是不是认真的，但是美国人对影星的崇拜程度却是让我吃惊的。我原以为，美国是个非常崇尚个性的民族，在他们的心目中，大概除了上帝和他们自己便没有什么好崇拜的了。

人越聚越多，大剧院门前挤不下了，马路对面都站满了人。警察更加忙碌起来，用绳索和铁栏不断地拦截着人群。又过了半个多小时，大剧院出来了十来个人，有男有女。男人西服革履，女人长裙盛装。跟在任何场合都穿得随随便便的普通美国人相比，他们无疑是很有身份的人，大概是政府官员和制片人之类的。这些有身份的人提前来到了剧院外面，迎候着更加有身份的大牌明星们。就这样老老实实地耐心等候着，没有喧哗，也没有焦灼，时间一分一秒地蠕动着。过了半小时，没有动静，又过了半小时，还是没有大牌明星的影子。别人不急我却没有了耐心，到附近的商店里闲逛去了，我的朋友们还在非常有教养地等候着。

人群突然轻微地骚动起来，开来一辆超长的凯迪拉克汽车，差不多有三辆奥迪汽车那么长，将整个剧院大门都遮挡起来，像停着一节火车车厢。遗憾的是，站在剧院大门前的有身份的男女并没有迎上前去，凯迪拉克停了一会儿便开走了，那里面出来的显然不是人们要等待的大牌明星。

等候似乎又有了一点儿进展，给即将失望的人们带来一点儿希望的是电视台的记者们，他们开始采访那些有身份的男人和女人们，有的记者还扛着摄像机来到人群中，向围观的群众采访。

就这样，浪费了一个半小时，我终于失去了耐心，催促着朋友们赶快离开。胡先生也有一种上当受骗的屈辱感，骂了声有病便走了。我没问他是骂自己有病，还是骂仍然锲而不舍的等候者有病。

离开中国大剧院我们继续在好莱坞大街上闲逛，游览着这举世闻名的电影王国，来来往往的有许多年轻的寻梦者，他们到好莱坞来孤注一掷，希图能找到登上天堂的云梯。夜色已晚，辉煌的霓虹灯闪烁着神秘莫测的光环。整个好莱坞给人一种极虚幻、极不真实的感觉。当我们感觉自己仍然需要真真切切的现实的时候，便钻进汽车寻找餐馆打发肚子。

我们开着汽车再一次路过中国大剧院门前，突然发现等候在那里的人群沸腾起来，摄像机的灯光和照相机的闪光灯抒发着追星族的至爱，警察们用双臂和胸膛阻拦着追星族的狂热，大牌明星姗姗来迟，但终于来了。追星族们没有白白等候，他们那可怜的愿望得到了满足，大概没有人会觉得遗憾。可是我这个伪追星族却没有兴趣问一问到底来的是谁了。

2000 年 2 月 12 日于洋桥

美国人的吃

吃在美国，吃了一个月，竟把胃吃坏了。

前几年就听一个从美国回来的朋友说过，他每天只睡五六个小时的觉依然精力充沛，原因就是营养充足。临去美国前有的朋友便担心我对美国餐不适应，我蛮有信心地说，我是吃糠咽菜长大的，什么都能适应。还是有点儿顾虑，在飞机上跟空中小姐探讨美国餐。她说，美国人把所有的青菜都掺和在一起，生吃，像喂兔子，哪儿是吃菜呀，纯粹是青饲料。

青饲料倒好说，生吃就生吃，咱经历过。可怕的是精饲料，一个大汉堡包，一大块牛排、猪排或炸鱼、炸鸡，一大堆炸薯条，一大杯冰水，我绝对吃不了，要最小的一份也剩。此外，还有牛奶、黄油、奶酪、甜点、糖，这些都是高脂肪、高热量的。在西棕榈滩，一个美国朋友请我们在一家海盗餐厅用餐，他把这些都吃进去之后，又吃了一大盘意大利面条、一条沙拉、一碗鱼粥和一大盘青菜。他看我撂了刀叉，便说，你吃东西像小鸟儿。

除夕那天中午，苏珊和她的丈夫请我吃饭，给我要了一块牛排。我吃了那块牛排饱了“两年”，到了晚上我不想吃东西，她带我去看电影，回来已经是1998年的元旦了，才勉强下了一点儿面条吃。幸运的是，我们竟然非常偶然地看到了《泰坦尼克号》。

然而就在我吃那块牛排的同时，一个黑人姑娘在我的邻桌独自用餐，吃得惊心动魄：她要了两份牛排，还有一大摞面包、一大盘炸鱼、一大堆薯条、一大杯冰水……这个姑娘很胖，一个人占了两个人的座位，身上的肉透过薄薄的衣衫一个劲儿往下塌，我真担心她那脆弱的骨架支撑不住，浑身的肉呼啦一下剥离落地。你想，吃这么多的东西能不发胖吗？况且又都是高营养、高热量的精品，那些东西几乎没有什么糟粕，从口入胃直接贴在身上就是肉。

美国堪称是胖子的王国，无论是在街道、商店、公园，只要是有人的地方，你就会看到一个个巨大的身躯摇摇晃晃地在你眼前蠕动着。你总是下意识地给他或她让路，生怕不小心倒了把你砸在下面。在中国，“发福”要到了一定的年龄才行；在俄罗斯，我看到姑娘们的身材都非常苗条，也只有结了婚的中老年妇女才“富态”盈盈。可是在美国则不然了，肥胖不分长幼，有许多小学校甚至幼儿园里，都滚动着呼哧带喘的大肉蛋。我们去佛罗里达的路上，走进一家快餐店，好家伙，柜台里的五六个女服务员个个如肉筑山峰，腰围足有三米。将长长的柜台占据得严严实实。开始我还以为是胖大妈或胖大嫂，细一看，原来都是二十岁左右风华正茂的小姐。啧啧，宝姐姐和林妹妹到了美国就变成这等模样了。

美国太富了，富得连油都流不下来了。流不下来的油积聚在美国公民的体内，造成了极大的负担。于是，美国市场上各种各样的减肥秘方、减肥高招、减肥良药、减肥食品应运而生。据说，光是这种消费，每年就要花三十亿美元。我真的担心，美国这么一个优秀的民族，恐怕最终要被过剩的营养打倒。

从美国回来，友人李建国到机场接我，他问我想吃点儿什么，朋友们等着给我接风呢。我说，我只想喝点儿玉米面粥。

1998年2月10日于桑梓轩

孩子们的美国

中国的孩子和美国的孩子相比，有如在这两块国土上生长的秧苗。中国以仅占世界百分之七的耕地养活占世界四分之一的人口，唯有精耕细作，锄草、施肥、灭病虫、整枝打杈，每一道工序都用尽心机；美国地阔人稀，广种薄收，粗放型的大机械生产，只问耕耘和收获，中间环节略而不论，任其自生自长。

咪咪六岁半，上一年级。每天下午三点半，妈妈把她接回家。到家之后，便一边吃水果一边看电视。我问她怎么不做作业，她说作业是在学校做的。我问她喜欢哪个老师，她说喜欢体育老师，全班的同学都喜欢体育老师。她说因为体育老师教他们跳舞，我问她跳什么舞，她站起来就给我表演起来了扭屁股舞，边扭边笑，还非拉着我跟她一起扭不可。

她妈妈说，你看美国的老师多没正经，这么点儿的孩子就教跳这种舞。她妈妈说这种话的时候是面带哂笑的，可见她也并不认真觉得那个体育老师不正经，也不认真觉得这种舞就是诲淫诲盗。海外华人普遍流行着一句话：融入美国主流社会。为了这种“融入”，观念不变也得变。

说美国人对孩子放任，可并不是不管，许多地方管得还很严格。美国人喜欢孩子，大多数美国人都愿意多纳税来改善对儿童的教育条件。1997 年的圣诞节，克林顿总统刚刚在白宫里招待完前来做客的小朋友，就宣布政府再拿出二百一十七亿美元来补助全国的幼儿园。

美国法律规定，父母不得虐待子女，十二岁以下的孩子不准单独在家。有一个男人，妻子出差了，他给孩子洗澡的时候不小心让孩子摔了一跤，蹭破了皮肉。他立即把孩子送到医院，医生给孩子包扎好却不让他走，说已经向法院告了他，孩子交由防止虐待儿童协会监护。在底特律，一个中国妇女为了到餐馆打工，把六岁的孩子锁在家里。正好她的一个亲戚来，发现只有孩子一个人在家。那个亲戚立即翻脸无情，打电话给她，非常严厉地说，你怎么可以把孩子锁在家里呢？请你马上回来，否则我就去告你。

所以有人说，美国是儿童的天堂。此话大抵不谬。

许多在美国的中国人都抱怨美国的学校对孩子管教太松懈，特别是基础知识的学习与中国相差甚远。没有那么多家庭作业，没有那么多考试，不学也能毕业，对学生的压力太小了。你不严格要求，学生有那么高的自觉性吗？更让中国人担心的是，美国的学校里很少进行道德教育。刚进入青春期就进行性教育，许多孩子偷吃“禁果”，家长一点儿也不以为然。还有吸毒等等，更让人感到可怕。也许为的是弥补学校道德教育的不足，大多数学生家长都带孩子进教堂，美国的孩子是在教堂里受到道德教育的。

在底特律，我曾经专门访问过陈士寒和孙幸幸，一对来自上海的夫妇。他们有一个儿子，已经上了中学了。他们认为自己的儿子在美国成长得很健康，与国内的孩子相比，虽说基础知识学得少一点儿，但是社会知识和动手能力及文艺体育等全面发展要远比国内的孩子强。他们拿出了孩子在小学三年级时做的面板，做工非常精细，他们家一直用着。还有一座在小学五年级时做的挂钟，设计之独特、制作之精巧，堪称是一件艺术品。我到他们家访问的时候，他们的儿子正好不在，到餐馆打工去了。他们说，儿子喜欢网球，可是每进一次网球馆要二十美元，这笔钱让父母出儿子觉得心里不舒服，就自己打工赚钱。

儿子不在，母亲从儿子的房间里拿出一张贺卡当作稀罕物给我看。那是不久前儿子十八岁生日时一个男同学送给他的，上面写道：你今天十八岁了，你可以去买香烟，可以去卖酒，还可以去买成人杂志、看成人电影，哈哈，这些都是留给我自己用的，我只祝你生日快乐！

美国是属于孩子们的，孩子们的美国也到处充满了孩子气。

1998 年 2 月 9 日于桑梓轩

赌城的诱惑

车窗外是光秃秃的山脉、干枯的峡谷和灰褐色的沙丘，蛮荒的大漠上笼罩着亘古永恒的苍凉和沉寂。汽车驶近拉斯维加斯城已经是夜幕降临了，导游将睡意沉沉的游客唤醒，让所有的人都举起左手，再举起右手。正当我们困惑不解的时候，汽车爬上一个高坡，眼前突然出现一片辉煌灿烂的海市蜃楼，满车的人同时挥着双臂欢呼起来。整个拉斯维加斯简直就是一个灯的海洋，恢宏、壮阔、无边无际。灯光交相辉映，掀起了排山倒海般的惊涛巨浪。浪花飞溅，又组成了如霞似锦、千变万化的光波。唏嘘惊叹之余，感觉像是脱离了红尘俗境，来到了一个琼楼玉宇的天上人间，借用古人的一句诗：此景只应天上有！

这个人间仙境是用金钱在一片荒无人烟的沙漠上堆积起来的。21 世纪初，人们在美国西部的这块不毛之地上发现了金矿，数以万计的淘金者蜂拥而至，于是在内华达南部的山谷里逐渐发展起了一个以赌博和娼妓为主业的小城市。矿工们在艰难危险的条件下劳累了一天，便到这小城来打发无聊的日子。拉斯维加斯是用来自世界各地的劳工的血汗建筑起来的，其中也包括无数中国劳工。据说赌场 casino 一词，就是从广东话演变过来的。1929 年，受西方经济危机的影响，采矿业也跌入了低谷，整个内华达的人口急剧下降到九千人。为了吸引外来的劳工定居下来，内华达州议会通过立法，使赌博业在拉斯维加斯合法化。

现在，拉斯维加斯成了全球 20 世纪诞生的最大的城市，也是人口增长最快的城市，平均每月都有五六千人迁入工作或定居。随着人口的增加，城市规模迅速扩展，目前这个拥有一百二十万人口的城市每年都要接待三千万以上的来自世界各地的游客。内华达州政府的财政收入有百分之五十八来自赌博业。

据导游说，到拉斯维加斯来的游客主要有三大目的：一是观光；二是赌博；三是结婚或者离婚。

拉斯维加斯是一个神话般的城市，它的繁荣和富足是举世罕见的。全球拥有三千个客房以上的旅馆只有十五家，除了曼谷的大使旅馆和夏威夷的希尔顿旅馆，其余十三家都集中在拉斯维加斯。其中的米高梅旅馆拥有五千个客房。为了争夺和吸引游客，每家旅馆都使出了绝招儿。当天晚上我们就在导游的带领下参观了几家皇宫般的大旅馆，有的旅馆在门前设立了巨型音乐喷泉，有的旅馆在院内布置了四季花园，有的旅馆有现代化的高科技演出，旅馆前面就是战场，模拟与海盗船交战的宏大场面，真船、真炮、真开火、真沉船，非常逼真。当然，每个旅馆里差不多都有供孩子们玩儿的游戏机和供成人观赏的脱衣舞表演。

进入旅馆大厅，就像进入了由赌博机组成的莽莽森林。暖洋洋的灯光似乎是树梢叶隙间透射进来的秋日的阳光，嗡嗡嗡和当当当的声音交织在一起，像是从天国飘来的神曲把人撩拨得手痒心跳，不能自制。赌博王国里，有轮盘赌、21 点、赛马等，最多的是老虎机，这种赌博不用学，一看就会，也没有更多的技巧，全靠运气，且下注可大可小，任何人都可以玩儿。赌场一天二十四小时开放，穿梭于赌博机中间的小姐们身着比基尼式或样式古怪的服装，端着托盘给赌客们送酒、送烟、送饮料，服务热情周到，让人感到大把往外掏钱挺值。

在拉斯维加斯，结婚和离婚的业务非常兴隆。办理结婚和离婚的手续非常简单，给那些追求潇洒生活的美国人大开了方便之门。只要花上几十美元，就立刻为你举行各种形式的婚礼。同样，如果你想离婚，在四十八小时之内便会让你如愿以偿。有些吵得你死我活的男女准备分手时，便痛痛快快地到这里来赌一把，然后办好离婚手续各奔东西。

有人说，拉斯维加斯是一个巨大的陷阱，无论你多么有钱，抑或多么有运气，最终都会输得一文不名甚至家破人亡。然而赌场的宣传却不是这样的，他们总是用各种方式把一些神话传播开来。诸如一位坐着轮椅来的老太太，玩儿老虎机中奖一千六百万美元，某某旅馆的奖金已经超过了两千美元等等。我也听到一些关于赌博的故事，据说有一个华人工程师特别有节制，每天带着二十美元进赌场，赢到二百美元就收场，绝不贪，因此他总是赢钱，每月至少也有两三千美元的收入。那么，到底有没有真正的赢家呢？

在洛杉矶，流传着关于一代赌王的真实故事。

这位赌王名叫韩思慧，四川人，在法国获得博士学位后应聘到纽约大学和乔治理工学院任教授，后来又在洛杉矶办起了自己的公司。1982 年，他带领一个大陆考察团到拉斯维加斯观光，发现可以用数理统计和概率论的知识打败赌场。他开始研究 21 点牌法，有一次他用十四美元的钱在一小时之内就赢了六万美元。韩思慧在这种信念的鼓舞下，冒着极大的风险，与财大气粗的赌博财团较量，系统研究起了赌博科学，已经出版了《21 点韩式牌法》《抗扑克牌法》《博弈手册》等几本专著。

韩思慧把自己的研究成果付诸实践，在赌城引起了强大的震撼。许多赌场都因为他赢的钱太多而放弃了与他较量，著名的 MIRAGE 赌场的经理向他解释说，根据我们计算机的记录，你用很少的钱在很短的时间就赢了我们二十多万美元。于是，这些赌场都把韩思慧按贵宾对待，每逢节假日都盛情地给他寄去邀请函，他来了以后给他提供最好的吃、住条件，只是有一条，不允许他再参加赌博。

韩思慧曾经对采访他的记者说，在世界各地的赌场里有许多中国人。在外国人的眼睛里，中国人比他们更具有赌博性，有些中国人下的赌注之大，常常让外国人瞠目结舌。可惜的是，还没有人能够用科学的方法指导他们，让他们少输一些钱。许多中国人都是抱着碰运气的心理去赌场的，难道老天就那么不公平，把运气独留给赌场而不给赌客？为了担此重任，他准备写七本关于赌博的书，还想办一所传授赌博知识的学校。

一代赌王韩思慧的故事让我们觉得挺有意思。仅仅是有意思而已。

歌舞伎町的俗与雅

新宿歌舞伎町是举世闻名的红灯区，凡到东京的游客至少要到这里来饱一饱眼福。我们下榻的京王广场酒店恰好就在新宿，步行十几分钟便可以到歌舞伎町。第一天抵达，安置好以后，已经晚上十点了。这大概正是红灯区最热闹的时候，我们三三两两地便朝着歌舞伎町走去。看似闲庭信步，心里却揣着几分好奇与紧张。

果然是灯红酒绿，满街辉煌。歌舞伎町占有四五条街，每条街都燃烧着情欲的光芒，让人眼花缭乱、头晕目眩。冷眼一看，红灯区并没有什么特别之处。如同许多日本的大街小巷一样，非常拥挤的街道，狭小得令人窒息的门面，货物都摆到街面上的商店。而且亦如其他地方一样，这些商业铺面都不归类分区，大到家用电器，小到零食手纸，不分高低贵贱平等自由地挤压在一起。原以为红灯区只是色情业，到了之后才发现这里什么都有。小饭馆、小百货、小食品店、报刊书亭……五花八门，应接不暇。稍留意一些，就会发现有些小门面的门口挂着一排排的美女照片。问知情者，这些便是表演脱衣舞的美女，一个个都很年轻，有的就是中学生打扮。有日本人，有韩国人，有黑人，也有白人，当然也免不了有华人。穿过这道小门，或上楼，或去地下室，那里面便在强烈的灯光与音乐中，依次展示着这些美丽的胴体……看脱衣舞类似于看循环场的电影，进去之后便可以一看到底。一般脱衣舞只表演到十二点，所以十点以后再进去便可以收半价。

也有的不是跳脱衣舞，而是“三陪”酒吧，进去之后这些美女便陪你饮酒，在你怀里调情，如果被你看中了，你可以将她们带出来，后面便是情人旅馆。情人旅馆是按小时收费的，据说里面布置得很刺激，也很有情调。譬如四面墙壁和天花板都是玻璃。我原以为红灯区是男人的世界，是为男人服务的。到了歌舞伎町让我大吃一惊，专门为女性服务的酒吧和脱衣舞亦为数不少。而且门前的照片和霓虹灯宣传得更加张扬和露骨。还有令人不解的是，在歌舞伎町出入其间的，大多是很年轻的女孩儿。难道她们没有人追求吗？难道她们身边还愁没有男人吗？如果不是这样，那又是为了什么呢？是尝试一种特殊的体验，还是享受一次女权的服务？

我们对红灯区的了解只停留在这些浮光掠影的浏览和井底之蛙的想象，幸亏有些热心人为我们真真假假地解疑。这些热心者都是些所谓的龟奴，或称之为皮条客。他们每送一个客人到脱衣舞厅或其他地方，便可以拿到一千日元的回扣。他们有无业人员，有在职人员，还有在校读书的学生。

第二天晚上，华人女作家叶青看了我们演出的话剧《狗爷涅槃》，说请我吃饭，去OAK WORLD。我问她在什么地方，她说在歌舞伎町，并且已经预约好了，这又让我大吃一惊。离开朝日生命剧场，我跟着她疑疑惑惑地朝前走着，听着她介绍着红灯区的情况，在一个小得不能再小的门前停了下来。这扇小门深深地埋没在歌舞伎町里，不熟悉的人绝对找不到。我看着这扇小门发了愁，我都需要低着头侧着身子才能进去，要是比我再高大肥胖一些的人怎么办？就这么一个小门，还是新宿最有名气的饭店，还是只接待会员并且需要提前预约的饭店，里面有什么新奇的？

我们在小门前面排着队，耐心地等待着。突然，三个小女孩儿从里面跑了出来，吓哭了，我更加奇怪起来。

终于轮到我们了，服务小姐拉开小门，我们挤了进去，小门又从外面关上了。我们被挤在一个密封的太空舱里，里面的仪表闪动，发动机轰鸣，解说员说太空船开始升空，我们便被忽地送上了太空。经过一番天旋地转的游览，太空船在另一个星球上降落了。舱门打开了，我们来到了一个太空站，里面的空间虽然也是非常狭小的，却分了几个区域。有日本餐厅、意大利餐厅、地中海地区餐厅、中国餐厅……你无法不佩服日本人的想象力和创造力，他们生活在一个小小的孤岛上，自古以来就懂得充分利用空间。地方不是小吗？那好，我让你上的是太空站，这里的空间再小你也不能抱怨，环境特殊嘛。

叶青问我吃什么，我说前一天她的妹妹叶竹请我吃的是日本餐，今天就吃意大利餐吧。

服务生将我们领到意大利餐厅，所有的餐桌和椅子都小得如同儿戏。我们挤在一张小桌上坐下来，手包却只能放在脚下。空间虽小，服务却是非常周到细致，意大利菜肴也做得非常地道。我们喝了意大利红酒，吃的是意大利套餐。每一道菜上来，服务生都会给你重新换上刀叉，并且不厌其详为你介绍着烧烤这道菜的厨师长。餐厅里的氛围也非常高雅，门口处有一天使的塑像，天使的周围是水帘织成的帷幕。一串串的水晶珠在跳动着，每个珠子都有樱桃大小。这晶莹剔透的水晶珠在你眼前滚动，让你不由得要伸出手去把玩。珠子落在手上，你才会发现它们是水组成的，小小的骗局会引发出自嘲的微笑。这里只有微笑，几十张餐桌，上百人用餐，却听不见半点儿喧哗。在幽暗温馨的灯光下，似乎每一位用餐者都在默默体味着一种物我两忘的崇高境界。

在 OAK WORLD 餐厅用餐，不能不算是一种高雅的消费和享受，可是这高雅，却混迹于俗到极致的红灯区里。如同那些读着硕士博士学位的天之骄子也到歌舞伎町当皮条客一样，在这个世界里，一切贵与贱、雅与俗、美与丑都被一只看不见的手扯到了同一个平台上。这只看不见的手就是金钱，或者叫市场。

2002 年 8 月 24 日于桑梓轩

第 四 辑

迪斯尼的圣诞节

如果问，世界上什么地方最好玩儿，恐怕有许多朋友都会异口同声地说是迪斯尼。到美国，能到迪斯尼乐园一游，堪称是一幸事；而能在迪斯尼过一个丰富多彩的圣诞节，恐怕是幸之又幸了。飞机在底特律国际机场刚一着陆，前来接我的朋友便说，明天驱车去佛罗里达，到奥兰多的迪斯尼去过圣诞节。我的心立即怦然而动，一股抑制不住的惊喜使我像孩子似的狂叫起来。

汽车在高速公路上风驰电掣了两个整天，我们来到了美丽的奥兰多。北国已经是千里冰封，这里依然是红花绿树，一片郁郁葱葱。正是圣诞节前的平安之夜，我们在 HOWARD JOHNSON 安顿下来，急切地等待着圣诞老人的光临，更按捺不住地盼望着明天的迪斯尼之游。

迪斯尼在哪儿

早上六点钟就起床了，说是为了赶路。我有点儿奇怪，迪斯尼不就在奥兰多吗？我们不就住在奥兰多吗？还有多少路可赶？

等汽车开出我们下榻的饭店，驶上高速公路，我才明白，迪斯尼离我们还很远。到底有多远？朋友说，大概有六十迈吧。一迈相当于一点六公里，六十迈差不多有一百公里，就是说，还要有从北京到天津那么远。既然如此，我们为什么不住到“天津”去？朋友说，迪斯尼不在“天津”，就在奥兰多。那么，奥兰多到底有多大？难道有北京和天津连在一起那么大吗？

我翻开随身带的《美国地图册》，发现奥兰多不但在美国是个不起眼的城市，就是在佛罗里达州，也不算是主要城市。人口不过几十万，在中国充其量算是个中等城市。

汽车在 4 号公路上奔驰，奔驰中我算体会出了奥兰多的“大”。如果把中国的城市比成是收拢马群的马厩，那么美国的城市则像是放出了栏任其飞奔的马群。一个集中，尽可能地缩小面积；一个分散，满天星跑马占圈。虽说最早的摩天大楼诞生在美国，可是除了纽约、芝加哥等大城市，很少见到成片的高楼群。大多数城市，都是由若干个乡村连接起来的。

说到乡村，也完全不像我们中国那样的村落，是由几十家几百家群居在一起。我们在高速公路上奔驰，也常看到路边的所谓乡村，多是一户人家，很大的一座房子，房子附近有树林、有粮仓、有农业机械等。周围则是耕地或牧场，牧场上散落着静悄悄的牛群。大一点儿的村落，或许该叫村镇，有那么三五户或更多一点儿的人家居住在一起，但房屋与房屋之间相距也较远，绝不会重檐叠幛地连在一起。

而奥兰多的市区，也几乎是这样一个格局。大多数建筑是两层或三层，极少有高层建筑。无论多大的房子，尽管是大商场或旅馆，也都傲然独立，很少有成排、成片的。房子与房子中间，多用树林、草地或水塘隔开。而连接一栋栋房子的，是纵横如织的公路网。我们行驶在公路上，映入眼帘的就是绿荫遮掩下的色彩艳丽的屋顶。

我们在高速公路上驱驰了四十多分钟，从路旁的指示标志上感觉到迪斯尼快到了。虽说迪斯尼举世闻名，可是绝见不到趋之若鹜的人群或车流。美国人不喜欢成群结队，都各走各的。我们不识路，盯住了前面一辆车死跟着，也不管人家去不去迪斯尼。渐渐的，房屋建筑越来越少，而树林草地湖泊则越来越多。在这幽深寂静之中，会不会就藏着迪斯尼呢？

前面的车进了一个大门，我们的车也跟了进去。进去的车很快就不见了踪影，出现在我们身边的是一个偌大的园林。路边是红花碧草，湖泊中有漂亮的游艇，绿荫中是白色的房屋，每一栋房屋后面都有一个游泳池。这么一个幽静豪华、宛如仙境的所在，要不是迪斯尼才怪。

怪就怪在这里还真不是迪斯尼，见不到一个人影。迪斯尼是游乐场所，怎么会没有人呢？难道我们来早了？想问一问，连问路都找不到人。我们只好掉头往回走，车到大门口，门口横着一根栏杆，一个看门的老人从门房里出来了。我们停车问路，老人说这里不是迪斯尼，而是私人别墅。私人别墅？天呀，什么人能住在如此奢华的地方？老人不但耐心地告诉了我们去迪斯尼的路线，还送给我们一张迪斯尼的旅游图。

我们怀疑老人是把我们当成住在这别墅里的人了，朋友说，在美国，几乎所有的人都会这么热情。

神奇的童话世界

首先找到的不是迪斯尼乐园，而是迪斯尼的停车场。停车场到底有多大，说不好，反正站在停车场上，没遮没挡的，连迪斯尼大门的影子都看不见，想必是远在地平线以外了。

停好了车，正愁这么远的路该如何走，来了一辆蜈蚣般的电瓶车，这一车能拉许多人。电瓶车开了十多分钟，终于来到了迪斯尼大门口。买票，票价贵得令人咂舌，每张一百三十五美元，约合人民币一千二百元。万里迢迢来的，又不能不进，让我的朋友大大破费了一把，心中不安。

买了票进了大门，还不是迪斯尼，又要乘火车。铁轨是架在高空的，空中飞车，两边是苍山丛林，下面是碧水红花，一路风光无限。这些都是实景，虽在高空疾驰，却仍在尘世中。下了火车却让人愕然了，突兀出现在眼前的，完全是在梦境中和童话里才能见到的世界。

一条陌生而又熟悉的街道，两边的建筑奇形怪状、色彩斑斓，街道的正面，是一座雄伟壮丽的宫殿。这宫殿不是砖砌的，不是石头垒的，也不是木料搭的，而完全是奶油堆积起来的，乳白的高屋顶，淡黄的墙壁，粉红的门窗，稀软的流质奶油依形取势，散发着诱人的乳香。宫殿上面的装饰物，也都是樱桃、橘瓣儿、杏仁及各种各样的糖果，不要说馋嘴的孩子，任何人见了都恨不得扑上去闻一闻、舔一舔，吞而噬之。

据说，目前世界上共有四座迪斯尼乐园，巴黎、东京各有一座，美国有两座，一座在洛杉矶，一座在奥兰多。这四座迪斯尼，都是以美国卡通鼻祖沃尔特·迪斯尼的名字命名的。迪斯尼本是一位画家，生于1901年，十八岁时与人合作，拍摄了一部一分多钟的动画片，从此便与动画结下了不解之缘。他以《艾丽丝在动画世界》一炮打红，一发而不可收。二十六岁时，他创作了不朽的《米老鼠》，轰动了全美国。紧接着，《白雪公主和七个小矮人》《木偶奇遇记》《灰姑娘》等名篇迭出，成为深受全世界儿童喜爱的人物。传说，他的名气这么大，他的女儿却不知道。女儿听同学说，大名鼎鼎的迪斯尼就是她爸爸，半信半疑，回家问他，你就是画《米老鼠》的迪斯尼吗？他点头承认了，女儿说，那好，请你给我签个字吧。

在这神奇的童话世界里徜徉，戴上米老鼠或唐老鸭的面具，拉着一个心形的氢气球，混迹在花团锦簇的童男幼女中间，仿佛又回到了我的童年。不，应该说是回到了儿子的童年。迪斯尼创造了如此迷人的形象，童年的我却一无所知。直到儿子开蒙的时候，我才跟他一起闯入了迪斯尼的世界。

儿童是最容易与动物沟通、与动物相爱的。人成年以后，受膨胀的欲望驱使，才与动物为敌，把动物趋于死境的。感谢迪斯尼大师，他把动物注入了人格与人性，又将渐失人格与人性的人类拉回到动物世界，用这种温馨愉悦的方式警示人们，上帝在创造这个世界的时候，是把动物和人类放在一个共同的大家庭里的。这个家庭里的任何一个成员都无权剥夺另一个成员生存的权利，人类应该与动物一起，在共有的家园里其乐融融地生活。

有惊无险的海盗船

离开标着42号的奶油大厦，再往前走，突然听到一片惊魂动魄的喊叫和石破天惊的轰鸣。眼前横着一座高山，悬崖顶端有一个山洞，一艘独木舟出现在洞口，随着飞流直下的湍流，独木舟从百丈悬崖上垂直跌落下来。满船的人如大难临头，失魂丧胆，转瞬间一声巨响，水花溅起十几米高。这惊险的镜头过后，一条船从平稳的水流中漂出来，带着惊魂甫定的呆笑和强烈刺激的满足。

童心无惧，六岁的Amy要当冒险家。她的父亲有恐高症，只好让她母亲Susan陪着。Amy非拉着我一起去，我无奈，奓着胆子排在了队伍后面。几次要打退堂鼓，都被Amy母女连鼓励带强迫地留下。临到上船的时候，心紧张得要跳出来，上船容易下船难，只好跳河一闭眼了。

一船八人，我坐在Amy母女的前面，我前面的一个金发碧眼的女人早已没了脉，船刚一开她就将头埋在身边男人的怀里。

船开进山洞，却别有洞天，一片鸟语花香，气象万千，飞禽走兽，尽情欢乐。狐狸办完坏事，想钻进山洞逃跑，却被松鼠揪住了尾巴；乌鸦在树上幸灾乐祸，发表着谗言。米老鼠表演着滑稽可笑的舞蹈，唐老鸭摇摇摆摆地引颈高歌。这一切，都惟妙惟肖，逼真而有趣。我前面那个金发女人将头慢慢地抬起来。

尽管这多姿多彩的童话王国让你开心，但谁都没有忘记身处的险境且在劫难逃。船缓缓向上，每个人的心都紧缩起来，我前面那个金发女人又将头紧紧地扎在男人的怀里。船突然跌落下去，人们还未来得及惊呼，船又平稳住了。原来这不是那个百丈悬崖，只不过是个小坑小坎小惊吓，当然算不了什么。

再往前行，却也有几次惊吓。这洞中世界不怎么太平，常有妖魔鬼怪出没骚扰。阴森恐怖的原始丛林中，猿猴、猛虎、狮子等不时地发出令人毛骨悚然的吼叫，一条毒蛇突然从头顶的树枝上掉下来；湖泊中的鳄鱼又险些将船掀翻，从船头上张开巨口利牙；大象慢慢走来，一副温和友好的神态，却骤然昂起长长的鼻子，将水猛喷到船上……这些虽说也引起了一阵阵不大不小的骚动，却没有人太当回事，都知道是假的，不会有任何危险。连那个胆小的金发女人也不时扬起脸来做怪样。

船又往高处爬行了，且越爬越高。人们的心又都揪起来，然而船跌落下来仍然不是那座悬崖。又惊呼上当，又是一片多趣的童话世界，又是一次小小的跌落。如此反复好几次，大劫大难还没有来。我自己想了个名词，叫“恐惧疲劳术”，就是用这小惊小吓将你原有那巨大的紧张和恐惧折腾疲了，以免在大难临头的时候你承受不住。

船终于爬到了顶峰，你不知不觉的。眼前突然一亮，出现了一个洞口。还没容你做出判断，船头朝下猛栽下去。这一刹那间，灵魂出窍，思维完全是一片空白。世界何在，恐惧何在，你自己何在，全然不知道了。剩下来的，只是本能的惊呼怪叫和下意识的丑态百出。船跌落在深潭，溅起的水花将全身都浇湿了仍浑然不觉。

不管怎么说，劫难终于闯过来了，战胜了恐惧也战胜了自己，整个身心像是被彻底淘洗了一番，一个新的勇敢的我代替了旧的怯懦的我。兴致勃勃英雄似的走出船，大厅里的荧光屏上显示了每一条船的影像。每一个人跌落下来的辉煌形象都准确无误地记录下来，你如果愿意，交八美元，就会得到一张彩色的照片。

多姿多彩的圣诞游行

迪斯尼最著名的是圣诞游行，数以十万计的美国人及世界各国游客从四面八方赶来，就是为一睹游行队伍的风采的。

游行定在下午一点钟开始，可是人们早早地就等候在街道两旁了。工作人员用绳索将游人隔离开来，人们都规规矩矩地在两旁坐好或站好，耐心等待着盼望已久的时刻。

终于开始了，随着欢快的音乐声，多姿多彩的游行队伍走来了。童话王国从国王公主、皇族大臣到子民百姓、三教九流倾国而出，万民同乐、欢呼雀跃地庆祝着这一年一度的圣诞节。一辆金碧辉煌、光彩夺目的彩车缓缓而来，跳跃在彩车前面的是米老鼠的队伍。几十只米老鼠身着节日的盛装，载歌载舞欢乐非常。

他们一个个顽皮可爱，不断歪歪扭扭地来到游行队伍前面，跟小朋友们握手拥抱。街道两旁的小朋友们开心极了，呼唤着米老鼠的名字，把双手伸向他们永久的朋友。

米老鼠的后面，便是仙女的队伍。一个个小天使，踩着《铃儿响叮当》的乐曲出现在迪斯尼乐园。她们那热情和调皮的微笑像一缕缕灿烂的阳光把人们的心头烘得暖洋洋的，她们那多情而纯真的目光像一股股清泉冲击着人们心底的欢乐。

一位白胡子的老人赶着马车来了，马车上坐的是白雪公主。车前面还蹦跳着六个小矮人，第七个小矮人蹲在车辕上，在白雪公主面前嘀嘀咕咕。白雪公主全然不理睬他，端庄危坐，并不断地向人们招手微笑。

跟在白雪公主后面的是两个骑着白马的女孩儿，女孩儿高贵傲慢，美如天仙。有两位壮士给她们牵着马，壮士全副武装，威武如天神。更滑稽的是后面还跟着两个穿长袍的男人，细一看才发现这两个男人一手拿着扫帚，一手拿着簸箕，原来是跟随其后的拾马粪的人。

最后出来的是圣诞老人，红袍白须，慈眉善目，坐在一辆高高的彩车上。他不断地向人们挥手，把美好的祝愿洒向人间，把珍贵的礼物送给儿童。圣诞老人的到来，把游行推向了高潮。人们都欢呼着，跳跃着，跟在圣诞老人的后面，忘形地唱着、跳着，加入了童话王国的游行队伍。

1998年2月8日于桑梓轩

笔架山捕蜇

细雨如雾如纱，笔架山如一个巨大的笔架镇在层层铺展的海面上。一条若隐若现的黄沙小路，像一座天桥将笔架山与海岸连接起来。传说这天桥是两位美丽的仙女修造的，而今的笔架山公园里，这两位仙姿飘逸的造桥仙女正含情脉脉地望着渴望大海的游客。

听说笔架山上有寺有塔，且香火很盛，便欲跨桥前往。天边突然响起低沉的涨潮声，脚下的海岸都微微震动起来，天桥很快被潮水吞没了。

没有去成笔架山，多少有点儿扫兴，悻悻地朝公园外走去。刚出公园大门，被眼前突如其来的骚乱惊呆了。人们从四面八方朝公园大门涌来，潮水般地奔跑着，两三个人一组，推着双轮车或三轮车，车上堆着小山似的渔网。没有呐喊，但是从每个人那急奔的脚步和焦灼的表情上，却分明读出了枪林弹雨的激越和紧张。我开始猜测是海上有人遇难，可是为什么渔民们都推着渔网去救难呢？

原来是省海蜇资源管理指挥部发出了捕捞海蜇的命令，军令如山，万马奔腾。这波澜壮阔的场面亦像潮水一样在我的心里涌动着。

海蜇主要生长在河口地区，这里是渤海湾的北面。每年立秋前后，是海蜇的成熟季节，也像收割庄稼一样，要适逢其时。捕早了，不但质量差，一碰就碎，且出蜇率低。据说在20世纪50年代，渔民们都严格遵守着规矩，从立秋开始捕蜇，一直可以捕到中秋节。后来捕蜇的人越来越多，而且越来越野蛮地掠夺性地捕捞，海蜇资源受到严重的破坏。政府为了保护海蜇资源，各级都设立了指挥部，制定了严格的法规。没有指挥部的开禁令，是绝对禁止捕蜇船下海的。

第二天下午，我从外面回到海滨旅店的时候，一幅更加壮美的画面又让我惊呆了。笔架山周围的海面上，几千条捕蜇船星罗棋布。映衬其后的是大海一样的蓝天和被夕阳浸红的云朵，我的心也如晚霞般地燃烧起来。

我们立即租了一艘快艇，向茫茫大海中的捕蜇船驶去。本来想看看海蜇是如何捕捞的，可是转了一大圈儿，所有的船都没有捕捞。问来问去，都说没了。怎么没了呢？莫非昨天一夜都捕光了？

上了岸，我向停泊在岸边的捕捞船走去。路边一个中年汉子正在吃干鱼片，身边放着一只大塑料桶。上前一看，桶里面装着新鲜的海蜇。问，他说，现在的海蜇越来越少了，尽管政府采取了许多措施，海蜇的数量却有限。昨天开禁，几千条船一拥而上，几乎把所有的海蜇都捞光了。他说自己只捕捞到两千多斤，多的有一万多斤。

新捕捞上来的海蜇，需要经过加工后才能保存。有这么一个笑话，说一对夫妻买了几斤海蜇回家煮。等水烧开了，海蜇却不见了。丈夫怀疑妻子偷吃了，妻子怀疑儿子偷吃了，一家人打起了连环架。其实谁也没偷吃，是海蜇在开水里溶化了。加工海蜇就在岸边，一群女人将捕捞上来的海蜇用小刀片分割成蜇头、蜇皮、蜇脚，然后一层一层地放进浸泡池里。浸泡池里用的是矾和卤，这是一个很有技术含量的工作。矾放多了，海蜇会发脆，放少了会腐烂。经过两三遍的清洗浸泡，海蜇便加工完了，装进塑料桶里或储存在水泥池里，能保鲜两三年的时间。

从开禁到捕捞完毕，只有那么一两天的时间。我觉得这壮观的场面太短暂，而渔民却抱怨，捕蜇的船太多了，海蜇太少了。海蜇本来不少，是因为捕捞得太多了才显得少的。如果不让海蜇很好地休养生息，恐怕我们的后代便很难品尝到这鲜美的海味了。

2003 年 8 月于笔架山

石花洞遐想

出京都西南百华里，入太行山余脉，层峦叠嶂，苍郁接天，属房山区界。房山多奇峰，多秀水，多古刹，多宝塔，多遗址，多溶洞，是京南不可多得的旅游胜地。著称于世者诸如周口店猿人遗址、琉璃河商周遗址、金代帝王陵遗址、北方桂林十渡、石经山云居寺、上方山云水洞，以及我们将要谈及的石花洞，等等。

我们是应石花洞旅游开发公司之邀而来的，均是北京的文朋酒友，难得一聚。

正是三九季节，朔风如刃，滴水结冰。我们都穿着厚厚的皮衣或羽绒服，进得洞来，立即觉得一股融融暖意，如入温室。导游小姐带着我们攀阶登峰，寻幽探趣，不一会儿便气喘吁吁大汗淋漓起来。然而兴致未减，连年近古稀的林斤澜、体若“横纲”的赵大年及娇柔才女徐小斌、韩小蕙之流都寸步不舍。

石花洞确实别有洞天，听着导游小姐妙趣横生且浮想联翩的解说，大饱眼福之际，不由得令人遐思万缕。

潜真洞之真

石花洞相传是明代高僧圆广法师发现的，时间是明正统十一年，即公元1446年，至今已五百多年了。

有关圆广法师发现石花洞的过程，民间有许多传说。譬如说圆广法师身披袈裟，手托衣钵，云游到大房山麓，眼前突然出现一个硕大的火球，一蹦一跳地为他引路。从大花岭到小花岭，又沿上茶棚的三岔口，来到了一个三面环山的锦绣之地。正是盛夏之季，圆广法师疲惫之至，又饥又渴，忽见万绿丛中碧水潺潺，一股清凉扑面而来。圆广法师脱掉袈裟，扔掉衣钵，伏下身来便掬清泉痛饮沐面，顿觉心清气爽，周身畅快。

圆广法师为了寻找那股清凉之气的由来，发现了石花洞。且不说他寻找的执着与艰辛，当他打开洞口，洞中的万千气象豁然出现在他眼前的时候，他一定惊得目瞪口呆，误以为佛祖提早召唤他入了天国仙境。传说圆广法师清醒之后，脱口吟出了一句诗：仙乡洞府地，潜梦入真藏。于是，便将该洞命名为潜真洞。

自此，圆广法师便将潜真洞作为方丈之地。白天，他出去化缘布施；夜晚，他便在这里面壁修行。由于他的善缘广布，凭着十年功力在洞口修成古刹一座，引来四方香客。一日，或许就在这潜真洞中，他偶得一梦，十位佛祖驾祥云飘然而至。佛祖慈悲宽容，栩栩如生。圆广醒来，顿悟了佛祖的引示，请来技艺精湛的石匠大师，按照他梦中的记忆，绘出了佛祖圣像，在洞南摩崖处雕出了地藏王等七座佛像。然后，又从几十里外选来上好的汉白玉石料，再造了释迦牟尼和文殊、普贤三尊佛祖圣像。到了明景泰年间，香火达到了鼎盛，许多香客不远千里前来进香。

渐渐地，潜真洞的名字被人忘记了，取而代之的是因佛祖圣像而得名的十佛洞。自己的苦心经营湮没了自己的初衷，这多少会让圆广法师感到悲哀。肉眼凡胎的芸芸众生缺少佛家的参悟，注意的依然是看得见、摸得着、感受得到的红尘俗界，要不，为什么独有圆广法师能够修成正果呢？这是后话。

我们所要考察的是，圆广法师的初衷到底是什么呢？他在洞中藏的是什么“真”呢？

佛道讲究的是六根清净、四大皆空，通俗地说，修行就是灭人欲求佛性。只有将整个物质世界连同自己的肉身、意识都修行到“无”的程度，才能消除一切烦恼和苦难，达到佛的境界。可谓是：菩提本无树，明镜亦非台。本来无一物，何处惹尘埃。

我们知道，圆广法师的善缘广布是颇有功德的。然而，当他操劳了一天回到这洞中世界的时候，将是一种什么感受呢？他所有的修行，都是为了“无”，可对这洞中流光溢彩、热闹非凡、令人眼花缭乱的繁华所在，圆广法师又作何感想呢？

也许他会把这里当作一种象征、一种感觉、一个梦幻世界。如此说来，圆广法师每天面对的都是两个世界。一个是外面的苦难现实，一个是洞中的多彩天地。对待现实，他无疑采取的是否定和逃避的态度；那么，面对洞中的繁华呢？他否定得了吗？他想逃避吗?

人越是否定自己，自己越是顽强地存在；越是想灭绝自己的欲望，欲望越像魔鬼般地为非作歹。可以想象，圆广法师回到洞里的时候，有雄狮向他吼叫，有银旗向他招展，有村姑向他微笑，有智叟与他交谈，还有美酒佳肴、琴棋书画、繁星朗月、鸟语花香……于是，圆广法师被灭绝的意识又被激活了，被压抑的欲望又被诱发出来。圆广法师在这里高歌畅饮、放浪形骸，他又成了他自己。

潜真洞里，却原来藏的是圆广法师自己，是自己的真性情，是自己丰富多彩的内心世界。

洞天世界

在茫茫宇宙中，我们人类赖以生存的地球是十分孤独的。从蒙昧的童年到高科技的今天，从宗教的兴起到宇宙空间站的建立，从达尔文的物种起源学说到 UFO 研究会，人类总是在殚精竭虑地寻找着自己的同类。这种寻找主要朝着两方面发展：一个是茫茫无际的外宇宙空间，诸如外星人等；一个是地球上的内宇宙空间，诸如大西洋底来的人等。

两千四百年前，古希腊哲学家柏拉图在他的演说和著作中提到，比他早九千多年前，大西洲的居民已经建立了非常先进的国家。那里有高度的文明和科学技术，有雄伟壮丽的建筑，还有茂盛的树木和常开不败的鲜花。但是不知在哪一年，这个大西洲就在一夜之间，突然沉没在浩瀚无边的大西洋中了。

到了20世纪70年代，一群科学研究人员从八百米深处取出岩芯，经过科学鉴定，这个地方在一点二万年前，确实是一片陆地。用现代科学技术推导出来的结论，竟与柏拉图的描述惊人的一致。很快，考察大西洋底的科技人员，便多次在海底发现了庞大的古建筑群，那里有长长的道路，有雕刻精美的石柱，还有坚固雄伟的城墙。1979年，美国和法国的科学家发现，在这个海区的底下，有一座巨大的金字塔。它建筑的时间，比古埃及的金字塔要早得多。金字塔底边长三百米，高二百米。塔中间有两个大洞，海水以极快的速度从洞中穿过，在海面上激起了汹涌澎湃的狂澜……

在我们的地球上，确实有一个海底世界。那个世界可能是从陆地上沉没下去的，也可能是海底人类在地下创造出来的。

科学家说，石花洞就是沧海变桑田的结果。大约四亿年前，这里是一片汪洋大海。七千万年前，造山运动把海底托成了高山。又经过若干年的演变，原来沉积在海底的碳酸盐岩被溶蚀成一系列的溶洞，石花洞就是其中之一。

这是造物主创造的奇迹，还是大自然的鬼斧神工？

我说，这是一个洞天世界，是海底人类历史的独特记载。

既然现代科学可以用文字、照片、影像记录下当代人类的生活，那么生活在海底世界的同类们，为什么不会用一种独特的或者更加先进的手段记录下他们的生活与形象呢？

那些玉树蟠桃、月桂莲花、雄狮迎客、孔雀开屏，让我们想象着海底人生活的空间是何等的美丽富饶；那些旌旗漫卷、金盾银戈、战马嘶鸣、雄关险隘，让我们想象着曾经发生在海底的战争是何等的波澜壮阔；那些天犬吠月、明笋神灯、竹篱茅舍、青天明镜让我们想象着海底和平环境又是何等的宁静悠然……

当然，这些都是遐想，遐想是允许瞎想的。

地下桃花源

如果人类有灵魂，我是说如果，那么当灵魂离开肉体之后他的归宿在哪里？

人在活着的时候，总是展开自己想象的翅膀，放飞自己的灵魂，让灵魂去自由自在地寻找未来。五柳先生的《桃花源记》就是一次灵魂的旅游，也是为代代不息的众生灵开发了一片旅游的胜地。

在纷繁苦难的现实中，人的灵魂得不到安宁。当灵魂挣脱了肉体的羁绊后，他会毫不犹豫地朝着心向往之的天地里飞去。石花洞就是一个地下桃花源，它吸引着亿万渴望自由平等的灵魂趋之若鹜。

这是一片水田，波光粼粼，秧苗苍翠，田边是茅舍青篱，远听鸡啼，近闻犬吠。这肯定是七仙女和董永的所在，他们在湖北的孝感老家被拆散了，逃到这里才真正过上“寒窑虽破能避雨，夫妻恩爱苦也甜”的日子。

在清幽的阆宫别院里，三位老叟端坐石桌旁，一边毫无牵挂地清谈，一边漫不经心地对弈。人们一直不知道他们是谁，直到有一天著述《三国演义》的罗贯中来了，才发现原来是刘备、关羽和张飞。桃园三结义，没想到经历了那么多的苦难，临死时还要托孤白帝城，一辈子没过上一天消停日子。争了一生，战了一生，斗智斗勇了一生，还常常闹得兄弟阋于墙，图的是啥呀？都是上了诸葛亮的当，三分天下最后不还是得归一统吗？现在好了，外面爱怎么闹怎么闹吧，咱在这儿优哉游哉，山中无历日，寒尽不知年了。

1996 年 2 月于桑梓轩

2013 年 4 月改于通州

大学府之梦

一

有一次，我随同《北京日报》记者到清华大学采访，他深有感触地说，没有接受过高等教育，是人生最大的遗憾。在我的青年时期，最痛苦的事情就是丧失了继续求学的机会；在“文革”结束以后，我最后悔的事情就是恢复高考之后我没有报名参加考试。

走上文学之路以后，更加激起了继续求学的迫切愿望。值得庆幸的是，1980 年，中国作协恢复了丁玲同志创办的文学讲习所（即后来的鲁迅文学院）。我作为第一届的学员与来自全国三十三名文学青年一起参加了为期八个月的学习。后来调到北京人民艺术剧院之后，我又到中央戏剧学院进修。尽管如此，我依然渴望得到正规的高等教育，以圆童年之大学梦。

1985 年，武汉大学校长刘道玉鉴于青年作家普遍需要深造、渴望学习的现状，提出了培养学者型作家的目标，并将这个目标付诸实践，与中国作家协会合作，在全国首创了作家班。

中国作家协会和武汉大学的通知是寄给人艺创作室的，当时谁也没有在意，并没有人告诉我。还是我的同事刘锦云在无意中提起这件事的，他问我，你有兴趣去吗？我问他，你说呢？他说，要是北京大学还差不多，那么远。他考虑得很实际，我毕竟不年轻了，已经三十多岁了，拉家带口，上有老下有小，家庭负担很大，再到那么远去读书确实有许多困难。我说，多远我都去，多大的困难我都能克服。他见我决心那么大，让我马上与当时我们的创作室主任英若诚联系。英若诚对这件事也没有在意，那份通知他竟然不知道顺手扔在什么地方了，大概他也以同样的理由认为我对上这个大学不会有兴趣。刘锦云又陪着我去中国作家协会，找到了创联部的谢真子大姐，重新要了一份通知，我立即报了名。

武汉大学的作家班是报经国家教委批准的，属于正规的插班生，要经过正式考试入学，入学后直接读大学三年级。虽然是 1985 年入学，却算是 1983 届的学生。毕业后发给大学本科文凭，授学士学位。

通知规定考试在 8 月中旬进行，合格录取后 9 月 1 日正式开学。我报名以后，马上放弃了一切创作计划，立刻投入了紧张的复习。我找来了《文学概论》《古代汉语》《现代汉语》等课本，将自己关在屋子里，苦攻苦读起来。这些大学一、二年级的课程过去虽然也接触一些，但是从来没有想到要应付考试。这次动了真格的，我要用三个月的时间将大学两年的课程攻破，还要真研实凿地应付考试过关才行。那真称得上是头悬梁锥刺股了，差不多一个夏天，我都是穿着小裤衩挥汗如雨地读书，生怕自己基础差考不上被退回来。我那时只有一种选择，破釜沉舟，只能考上，不做任何别的准备，大学是非上不可的了。

还好，我顺利地通过了考试，如愿以偿地进入了美丽如画的珞珈山，穿着西装、扎着领带、踌躇满志地坐在了大学府的课堂上。

二

有一种说法，抑或称之为理论，对我们这一代作家特别是业余作者危害不可谓不大。那就是大学中文系里培养不出作家，只要有生活就能当作家。换言之，你要想当个作家，不必上大学，只要老老实实地深入生活就可以了。在前辈作家中，这种实例很多，这种现身说法的体会文章和报告也很多。譬如，某个作家只有小学毕业，某个作家只是扫盲出身，某个作家原本就是个文盲。

在中国当代文学史上，是有这么一道奇特的风景线。没有文化或文化水准很低的人登上了作家的宝座，这是由中国的国情所决定的。没有文化何止可以当作家？没有文化不是照样可以当很大的官吗？没有文化不是照样可以管理国有企业吗？没有文化不是照样可以带兵打仗吗？没有文化不是照样可以管文化、管教育、管科技吗？

历史按照铁的规律，已经将科学技术推到了第一生产力的位置，世界进入了知识经济的崭新阶段，在各个领域中没有文化的主宰者终将退出历史的舞台。

我是格外珍惜这种接受正规教育的机会的，怀着一种感恩戴德的心情精心领会刘道玉校长提出的作家学者化的前瞻理论，以一种朝圣者的虔诚进入了武汉大学作家班。如果说，文学讲习所使我步入了文坛，北京人艺使我跨进了专业创作的队伍，那么武汉大学则给了我在文学道路上安身立命的武器，使我能够避免被淘汰的危险，有信心、有能力实现我的文学梦想。

在作家班的同学中，我与陈世旭、高尔品、刘亚舟是文学讲习所的同窗，与水运宪是中央戏剧学院的学友。二十几位并不年轻的作家会聚一堂，成了樱花大道莘莘学子中一道奇异的风景线。我们为此感到激动，为此骄傲，为此踌躇满志、趾高气扬。在人生的道路上，大学府里的体验是至关重要的。它不仅仅是使你获得了多少知识，更主要的是，你进入了一个较高境界的求知层面，进入了一个处于历史潮头的精英群体，进入了一个充分展示个性、具有自由之思想独立之精神的生命环境。

武汉大学被称作是没有围墙的开放型的大学府，针对我们这一代作家文化水准参差不齐又求知若渴的状况，刘道玉校长给了我们许多开放的政策。比如，对我们实行学分制，除了文学史、哲学史、外语等几门必修课外，其余的课程完全依照我们的兴趣自由选修，不但可以选修中文系的课，还可以选修哲学系、历史系、新闻系等其他系别的课。在学校的图书馆里，还为我们开辟了专门的座位，按研究生的待遇借阅图书。此外，为了扩大我们的知识面，还定期为我们举办多种学科的知识讲座。

有人问我，你在武汉大学究竟学到了什么？我说，我过去的知识是凌乱的、分散的，就像一堆随意摊放的珍珠，武汉大学给了我一条丝线，让我将这些珍珠串了起来，所缺的部分又将它补齐，使之变成了一条晶莹美丽的知识链。还有更重要的，我又获得了这条链上不可缺少的一枚价值连城的金坠儿——这便是我上面所说的高等教育和大学体验。

三

在这神圣的大学府里，刘道玉校长不但是我们的最高师长，更是我们的精神领袖。而刘校长却总说我们是他的朋友，我们这些人也不知道天高地厚，居然经常以朋友的身份有事没事地登门骚扰。刘校长非常忙，我们去了，他便放下手里的工作，在那乱糟糟的小客厅里接待我们，与我们肩挨肩脚碰脚地交谈。谈学习、谈创作、谈国事家事天下事。现在想来非常后悔，我们经常为一些鸡毛蒜皮的小事浪费了刘校长很多宝贵的时间。

有一天晚上，我们从刘校长的家里出来，遇见一群英语系的女学生要去找刘校长请愿，原因是英语系总是无缘无故地停水、停电。我说你们去这么多人刘校长家根本装不下，同学们非常奇怪，问刘校长的房子有多大。我说，刘校长一家人只有两间很小的房子，他的客厅就是他的书房，比我们住的宿舍宽敞不了多少。这些善良的女学生一听，立刻回去了。她们说，刘校长住的条件那么差，我们还怎么好意思提要求。

离开学校二十年后，我们一些同学又相聚在珞珈山宾馆。刘校长有病正在住院，班主任肖爱琼老师打电话告诉刘校长我们来了。刘校长问，北京的王梓夫来了没有？我听了非常感动，我的同学熊召政却说，凡是校长记住的学生，绝不是好学生。我承认我不是好学生，但是我对校长的感情却是始终如一的。我们几个同学聚会，商量要送给校长一件生日礼物以表达我们的感激之情。鉴于校长毕其一生为教育事业所做的杰出贡献，我提出为校长塑一铜像。大家都赞成我的意见，因之便将制作塑像的任务落实到了我的身上。我的朋友李万祥是华兴青铜器厂的厂长，我原以为这件事很简单，没想到一做就是一年多的时间。先是根据照片进行泥塑，塑了几次我都不满意，一再更换雕塑师。直到今年春节后的又一次成型，我约野夫一起去验收，方觉得塑出了校长的神韵。后来浇铸造型又历经许多周折，最近才大功告成。这件事我做得很认真，也难为了李万祥厂长。但是我觉得很值，这是我们武大学子的共同心愿，我得想方设法地做好才行。

四

真不知道该怎样表达我们对班主任肖爱琼老师的感情，毕业二十年了，我们依然把她当成自己的亲人。她进京我们去汉，总要聚一聚聊一聊的。我的同学朱秀海的儿子后来也上了武大，肖奶奶的家就成了他的家。想当初，我们可真没少给她找麻烦、惹祸。

按说我们都不年轻了，而且都成了家为人父为人母。让肖老师始料不及的是，管理这些“大孩子”比管理“毛孩子”复杂得多。人怕得意，得意怕忘形，忘形肯定就会生出许多事端。一件事没完又出一件事，按倒了葫芦起了瓢。不断有人把告我们的状子递到校方，有些事甚至激起了众怒。肖老师急不得恼不得，脾气要发，板子也要打，可到头来还要竭尽全力地保护我们。校方的压力肖老师顶着，顶不住了就硬顶。我们这边还一个劲儿地捣乱，埋怨肖老师太严厉，肖老师实在没办法的时候，就请我们到她家吃饭。肖老师的爱人安老师也是我们的先生，老夫妻成了我们的保护伞，也成了我们的出气筒，而他们的家则成了我们的避风港。

同样为我们承担祸端的还有於可训老师，他是中文系主任，我们的一切表现他都逃脱不了干系。无奈他是搞文学评论的，入校之前跟许多人就是好朋友。我们在作家班期间搞了好多次文学活动，每次他都是积极的参与者。我们还为几个刊物搞过作家班专号，我们写作品，他写评论。他既是我们的领导、我们的老师，又是我们作家班的一员。当然，他更是我们的朋友，他不让我们喊他老师，都对他直呼其名。我们没有听过他的课，据说他讲课非常有魅力，加上他又长得很帅，常让一些女大学生想入非非。他为人真诚，喜欢交际，自己的小书房连一张床都放不下，却常邀我们去喝酒。我们一边喝酒一边漫无边际地高谈阔论，友谊便在酒中深深地扎下了根。我们毕业后他去了海南，大概是不适应，又吃了回头草重返了武汉大学。

五

武汉大学还给我开辟了一片我原来不熟悉的生活土壤，丰富了我的生活经历，这对于我重新认识、重新研究我原来的生活是大有裨益的。除了大学府里新鲜独特的生活，还有楚文化的深厚底蕴和“九头鸟”的典型性格，对我来说都是非常陌生的。在大学读书期间，我还结识了一批著名企业家，结识了一批编辑记者，更有一批结交终生的同窗及文学同修。

我和野夫的结交是值得一提的，他是我前半生中重要的朋友之一，是我亲如手足的兄弟。我认识他的时候，他年仅二十三岁，刚刚从鄂西大山里出来，到武汉寻找他的文学之梦。他的诗写得很见功力，无论新诗还是旧体诗词，都很独特。我们俩可以说是一见如故的，我佩服他的学识，动员他来考武汉大学的插班生。其时他已经从鄂西大学毕业到利川县委宣传部工作了，他也和当年的我一样，梦想着走出那片封闭的土地。第二年，他果然考取了武汉大学中文系的插班生。这样，我们便有了同窗学习的绝好机会。

野夫的冒险使我跟他一起回鄂西老家的夙愿推迟了十年，直到他从磨难中解脱出来的1995年初夏，我才与他一起踏上了西行之路。

野夫带着我进入了雄奇险恶的大巴山余脉，踏上了飞流直下的八百里清江，钻进了号称天下第一洞的腾龙大溶洞，还拜访了他出生地的师友，参观了最古老的水杉之王“世界爷”，考察了依然保留着古巴人原始遗痕的巫风巫术……

在谋道区，我和野夫在区长姚茂易的带领下登上了全国保留的最完好的土家族古堡鱼木寨，创办了一个“爱心育才工程”。我在只有两个年级的小学校里，见到了当了三十年代课教师的胡振刚，在他的帮助下，我选择了八个聪明健康家庭困难的孩子，带回了北京求助。我的行动首先得到了当时通州地区领导们的支持和参与，时任县长张世光带头，区委副书记王玉辉、国家民委文宣司司长金星华、区文联主席张宝玺、区企业局局长唐国良、区宾馆总经理李建国、区档案局局长苏光兴等都各自认领了一个孩子，每年负责他们的学杂费和生活费，保证他们能够更好地接受教育。这项工作我们坚持了十余年的时间，后来逐渐发展到二十几名学生。除了保证向孩子们提供必要的学习和生活费用，许多人还额外地帮助学校及老师解决一些具体问题。现在所有的孩子都完成了九年义务教育，还有一些学生考上了高中。我们约定是负责到底的，只要他们能读书，就不会因经济困难而辍学。刘道玉校长给了我上大学的机会，我要以校长为楷模，让更多的孩子拥有上大学的机会。

十余年来，我曾多次单独或与友人一起去鱼木寨，每次上山都要攀登三个多小时，下山也需要两个多小时。除了看望受助孩子外，还为宣传利川及谋道做了一些工作。2005年，中央电视台举办全国魅力名镇评选，我作为谋道镇的推荐人在现场参加竞选，使谋道镇获得“中国传统习俗名镇”称号。在我的家乡筹建“王梓夫文库”之际，谋道镇人民政府特赠送了“播育爱智”的匾额。

2006年6月21日于桑梓轩

住旅馆

家居京畿，本无须住旅馆。然而常有朋自远方来，也难免要跟旅馆打些交道。这年头，如果修炼的道行不够，出门便会惹一肚子气。归来气定思气，又颇为感而叹之。

去岁冬，友人野夫的双亲自鄂西来京看病。他们还算是有些地位的离休老干部，且第一次来首善之区。我在朝外联系了一家旅馆，登记时却惹了麻烦：老两口不许住一个房间。我拿出他们所在单位开具的证明他们是夫妻关系的介绍信。不行，非要结婚证不可。我告诉他们，这二位是抗战时在山洞里结的婚。不要说结婚证，那会儿连《婚姻法》也没有。难道那一茬的人统统都算是非法同居？登记人员也振振有词：那么大年纪了，为什么还要住在一起？我告诉他，老头儿百病缠身，夜里要老婆照料。他说，不行，我给他们开了房间，派出所查出来就要把我们旅馆牌子摘了。无奈，这一对革命老夫妻只好在万里迢迢的异地分而居之了。

又一次，几位友人来。我陪他们住在一家部队招待所里。登记不麻烦，服务也热情。住下之后，无意中发现一个绝妙之处。门上的玻璃都挂着窗帘，而每一块窗帘的右下角，都剪开一个半个火柴盒大小的方洞。外边楼道里的人，只要稍投一瞥，房间里的一切便一目了然了。更有甚者，房间里的电灯开关在门外，亮灯闭灯的权力完全掌握在或男或女或老或少的服务员及旅馆保安人员手里。时值盛夏，酷暑无君子，旅客大都在房间里只穿内衣，这种不雅之态均会被外边的有意无意者尽收眼底。男人还好些，女人呢？一对夫妻呢？不知该旅馆的管理人员，是为了监视坏人坏事呢，还是天生有一种窥视人家内室的怪癖？

近来又有幸陪友人住东郊某招待所。故人相见，自然谈得很晚，后半夜才蒙眬睡去。正酣然之际，屋门洞开，服务员来打扫房间。擦桌子，拖地板，送水，叮叮当当。我们还以为是自己睡了懒觉，看了看表，才六点过一点儿，于是只好心怀不满地蒙起头。突然，蒙头的被子被人粗暴地扯开了，头下的枕巾被拽出来，更有甚者，身上的被子也被掀开，扯去被套。我们赤身缩在床头，问之，答曰：要换洗。我们只有哑然，连抗议的心绪都没有了。

几乎所有的旅馆里都贴着“住宿须知”“请勿”“禁止”云云，十条八条，统统是要求旅客严格履行的义务。假若旅客该为自己争取点儿什么权利，不妨在自己的脑门上贴一张“迎客须知”。只一条就够了：我是人，请尊重！

1988 年 3 月于通州

体验恐惧

疫情不是突如其来的，恐惧确是突兀而至的。4 月 20 日，媒体报道中共中央政治局开会专门讨论防治“非典”，紧接着，卫生部召开中外记者招待会，公布了北京疫情的严重性，继而中央宣布撤销张文康和孟学农的职务……于是，黑云压城，人们的心便笼罩在这突如其来的恐惧之中了。

我说疫情不是突如其来的，是早在 2002 年的 11 月份广州已经发现了第一例“非典”患者。即使当时对这种新的传染病还所知甚少，但是它强烈的传染性和给患者造成的巨大痛苦已经令人谈“非”色变了。而身居北京的老百姓被强大的媒体攻势“导向”着，关心和感兴趣的依然是中央“两会”和伊拉克战争。广州同胞在恐惧和痛苦中煎熬，由于全国人民都一无所知，连一点儿同情都没有表示过。如此想来，真对不起“老广”朋友了。

对“非典”疫情的报道本来就讳莫如深，而我更是被蒙在鼓里。春节过后，妻心血来潮要装修房子。我在通州那套房子住了十多年没有装修过，也该见见新了。在本院租了一套住房，既没电话也没电视，唯一与外界的联络就是手机。那些天手机的短信息已经开始补充媒体的沉默了，而大多又是报忧不报喜，当然那时也无喜可报。卫生部的记者招待会我看不见干着急，好友刘进元则随时给我通报情况。那时候我可知道了作为一个现代人渴望信息已经成了不可或缺的生存需要。

4 月 23 日，房子还未完全交工，我便与妻商量马上搬家，否则连搬家公司都找不到了。果然，没过几天，我们楼下装修未完便停工了，先说是装修工人回家避“非典”了，后又听说有关部门已经下令装修暂停。妻很庆幸，当然也很得意自己的先见之明。

家搬回去了，来不及收拾，总得开火做饭呀，于是到超市买米、面、油、盐。没想到这一天正好是北京居民大抢购，尽管当局告诫人们为避免传染“非典”少接触，但超市里却依然是人头攒动，摩肩接踵。抢购的“抢”很准确，差不多都是倾家而出，远呼近应，吵吵嚷嚷。只是这呼喊中又多了几分惶恐和焦灼，加上每个人脸上的大口罩，更加渲染了恐怖的气氛。人们都急了眼似的往购物筐里抢东西，货架愈是见空，人们愈是恐慌，好像抢不到东西就会得“非典”似的。我往购物筐里放了两瓶白醋，妻拎着筐去排队交款，被后面一男子看见，问白醋何用。妻说熏房间可消毒，那男子立刻唤其妻抢白醋。男子一呼唤，立刻传遍了整个超市，人们蜂拥到白醋货架旁，很快白醋便被抢购一空。

刚搬的家什么都没有，妻想买几个鸡蛋，超市上早就光了。到小摊贩那儿去买，要五元钱一斤，妻气得说，不吃了还不行？第二天一早，友人洪潮电话中说，一袋面粉要他九十元，比平时正好贵一倍。我说你不会不买吗？他说不买不行，工地上几百人等着吃呢。我说那你就认吃亏吧。他说这个亏我吃得起，但是不能吃，我把那不法商贩举报了。

恐怖的阴云压在心头上，越来越浓，越来越重，压得人心里慌慌的，隐隐作痛，似乎连气都喘不上来了。爱默生说，恐惧通常生自无知。这“知”如果指的是对恐惧体的认识，无疑是正确的；但是如果指“知情”，恐怕恰恰相反。人们不知道疫情的时候便无可恐惧，对疫情的厉害了解得越多，恐惧便越深重。战斗在抗击“非典”第一线的护士长杨雅琴来电话说，SARS 的厉害在于：一是传染性极强；二是患病后非常痛苦。老县长张世光说得更可怕，感染最高的人群是医务人员，如果得不到有效控制，等到最后医务人员都倒下，得了病连救治的人都没有了。还有到目前为止，还没有找到抑制 SARS 病毒的有效药物，医院的治疗依然在摸索之中……

4 月 28 日傍晚，我突然接到剧院的通知，说是第二天北京电视台举办一场抗击 SARS 的文艺晚会，我们剧院有一个诗朗诵，要组织作家连夜创作。行政处副处长小魏开车来接我，从剧院到我居住的通州，来回只用了四十五分钟。那一天正下着小雨，我们的车任意狂奔在愁云惨雾的城市大道上。千街车影绝，万巷人踪灭。楼显得高了，马路显得宽了，偶然见到的路边匆匆而过的行人，显得羸弱而渺小了。我们这一代人没有经历过战争，伊拉克正在战火纷飞当中。我们体会不到战争中的恐怖，但是我想战争是有声音的，枪炮声和呐喊声。声音是可以削弱恐惧的，而SARS 肆虐的城市，却冷寂得如同一个令人窒息的噩梦。

再有，无论进攻与防守，战争是有目标的，就是说知道敌人在哪里，而我们谁也不知道 SARS 在哪儿，人与人之间突然变得相互警觉起来。我每天坚持走路锻炼身体，那天傍晚在大街上遇见我的一位老领导，我习惯地伸出手去，他却摇了摇手抱歉地笑了。

人民医院被隔离了，财经大学塔楼被隔离了，北方交大宿舍楼被隔离了，东四一个小院被隔离了，中小学生放假了，娱乐场所停业了，许多单位已经不上班了……群防群治显示出了巨大的威力，胡同口有人把守，居民小院外人免进，乡村公路开始盘查过往的车辆，北京人被画地为牢，成了不受欢迎的危险群体……这一切都在挤压着那瑟瑟发抖的心，人们默默地承受着，连小偷都本分起来。我想，在灾难降临的时候，每一个人都是非常渺小的、微乎其微的。这时候需要的是一种全民族的凝聚力，需要一个坚强的对人民负责任的政府。胡锦涛总书记出现在广州街头，温家宝总理与大学生一起进餐，北京市委市政府采取的强有力的措施，都极大地安抚着人们的心。领袖流泪了，百姓也流泪了。政府和人民之间的关系顿时密切起来，同舟共济，相互依靠。而对于那些漠视人民生命安全、幸灾乐祸甚至趁火打劫以谋私利的人，人们则痛恨得咬牙切齿，诅咒让他们染上“非典”。

恐惧中人们总是在期盼着奇迹的出现，每天等不及电视里的报道，先上网查看疫情，新增病例较前一天上升了，心便往下沉；下降了便轻松一些。还关心着科学研究，期盼着早日研制出治疗和预防的灵丹妙药。那一天，我与几个朋友在通州宾馆讨论一部电视剧，《北京日报》总编助理刘连枢打来电话，说报上要公布一个预防“非典”的中药方。我立即记下来，马上停止工作，到药房去抓药。我们刚到，人们都蜂拥而至，拿着晚报上的药方抢购中药。药房门前排起了长龙，是“非典”期间一道少见的风景，被“大煞”了的风景。

在此期间，我和作家刘进元、赵大年、张颐武等还参加了一个《中华英才》组织的房地产论坛，主题是：SARS 之后我们怎样生活？

一个很有意思的题目，会议是在康城高尔夫球场的草坪上开的，中午吃的是比萨，下午还打了高尔夫球。大家发言很热烈，在恐惧的煎熬中，人们开始憧憬胜利后的生活了。当时流传着这样的短信息：大吃大喝“非典”治住了，公款旅游“非典”治住了，文山会海“非典”治住了，卖淫嫖娼“非典”治住了。在“非典”给人们的生命带来巨大威胁的同时，也惩治了许多丑陋与陋习，甚至推动了一些具有进步意义的变革，如廉政勤政，如干群关系，如政策透明，如媒体公开，等等。

但是，人们的遗忘本能是非常厉害的。没有遗忘，痛苦便不能过去；痛苦过去，人们还记住干什么？SARS之后，人们将怎样生活呢？恐惧之后恐怕就是忧虑了。

2003年6月25日于桑梓轩

漕帮密符扇

熟悉漕运历史的人对漕帮密符扇的神往，有如江湖人对藏于深山的武林秘籍，哪怕只是一饱眼福，亦堪称万幸并足以拍胸吹嘘了。漕运世家亦即军粮经纪的传人陈乃文将密符扇视为传世之宝，非至交秘不示人。那张发黄且腐迹斑斑的扇面确实已经挼不禁风，扇骨已经被抽去，那是为了逃避灾乱便于保存的无奈之举。而扇骨印儿留在宣纸上的陈痕，则清晰地记载着一百六十年岁月的风雨飘摇。

三千里京杭大运河，牵六省市，挽五江河，呜咽着两千多年的慷慨悲歌。吴王夫差挖邗沟，隋炀帝开通济渠、永济渠，无疑是以践血踏肉的征伐为宗旨，到了元世祖忽必烈才将南粮北调的重任交给忍辱负重的大运河。明清漕运盛时，仅运往京师的漕粮便达四五百万石之巨。舳舻千里，万艘朝宗，帆樯蔽日，那是何等壮丽的景象啊！

如此的漕船首先要汇集在通州漕运码头上的，于是挂单、验粮、收粮、入仓、回空等一整套交粮程序便紧张有序地展开了。负责验粮收粮的是所谓的军粮经纪。在十步之内必有衙府的漕运码头，军粮经纪还算不上官员，按现行的说法，应该算是有一定执法职能的事业编制人员。据载明朝有军粮经纪三百余名，到了清雍正帝整顿漕运，精减为一百名。军粮经纪的执法凭证是军粮密符扇，凭此扇可以上船验粮收粮。这还不是密符扇的主要功能，它的主要功能是执法有序，职责有据。一百家军粮经纪，谁验收哪帮哪船的漕粮，运粮时走的是旱路水路，入的是哪个字号的仓廒，都是有据可查的。好比现在商品上的条形码，只要一扫描，便知道厂家是谁。漕粮收兑出了问题，只要看一看装粮的口袋便一清二楚了。因为每一个装粮的口袋上，都用“福炭”画着一个特殊的密符，称作“戳袋”。

有意思的便是这些密符。扇面展开，上边弧长六十一厘米，下边弧长二十六厘米，宽十七点五厘米。一百个军粮经纪有一百个密符，一百个密符在两面宣纸扇面上排列起来，便是一幅疏密有致、布局精美的书画佳作。每面五十个密符，密符下面写着每一位军粮经纪的称号。称号不是姓氏大名，也是类乎地下工作者一样的化名，诸如罗锅、黄猫、笊篱、黑子等，这种严格的保密措施，非“组织”内部的人是难解其详的。

按规矩说，军粮经纪是坐粮厅挑选聘用的，并规定有三年一轮换的制度。可是大多数的军粮经纪都是世袭的，并且在初始的时候多是暗箱操作买卖获取的。但也不是什么人都可以当此重任的，至少要有两大能力：学识和运作。

先说学识，要通文字善计算，要有纯熟的验粮经验。收兑漕粮是有一定标准的，干圆白净，无潮湿无杂质无掺假无散碎。军粮经纪把手往船舱的漕粮里一伸，凭感觉就知道漕粮的干湿优劣。再说运作能力，军粮经纪的头上有仓场总督衙门、仓场监督、坐粮厅的三班六役八科六十四巡社，直接打交道的是领运官押运官漕帮老大水手运丁，周围还有花户车户斛头扛夫以及蝗虫一样吃漕运的三教九流，应付如此庞杂险恶的社会关系，没有“阿庆嫂”滴水不漏的能耐行吗？

如此说来，好像军粮经纪是挺熬人挺伤人挺不是人干的差事，谬也。军粮经纪可是大大的肥差，要不为什么有的人考上了秀才举人还屈尊执掌密符扇呢？有道是，当官不如为娼（仓），为娼不如从良（粮）。每收兑一石漕粮，运丁付给军粮经纪二十二两纹银，仅此一项光明正大的收入，除去所有开销，净获白银达两千两之多。这只是一般的军粮经纪，一百名军粮经纪是按《千字文》排列的，排在首位的“天”字号（一说“盈”字号），是军粮经纪的“领家”，“领家”下面还有“头面”，他们的收入要远远高于普通军粮经纪的。

就是普通军粮经纪，也有名目繁多的“潜规则”。漕船一路上栉风沐雨、击涛搏浪，漕粮难免有损失。一是浸水潮湿霉变；二是沿途应付名目繁多的盘剥，银两不够只好偷卖漕粮。漕粮少了便要掺假使假，造假的手段也令人发指。掺杂砂土、石灰、糠秕、木屑、胶泥，或者用五虎下西川、九龙散等中草药使其发胀增色。这些造假的漕粮要逃过军粮经纪的火眼金睛，唯有用银子蒙混过关。银子用足了，不但能验收合格，还能在过斛时做手脚，一船漕粮能多量出几十石百余石。反之，银子使不到，不但质量无法过关，同样一船漕粮还能少量出若干。办法是众人皆知的，用斛过粮，斛满了再用踢倒山的大头靴踢上几脚，斛里的粮食便塌陷下去，这叫“踢斛”。收粮时斛该不该踢，踢几脚，用多大力气踢，全凭斛头的心思了。“起米过斛”要用一只刮板，粮食装入斛之后用来刮平。斛平斗满乃为公平，因之要求那刮板一定要绝对平直无误。而军粮经纪手里的刮板多是月牙形的，刮斛的时候，月牙朝上斛面是凹的，月牙朝下斛面是凸的。这一凹一凸差距有多大？这叫“淋尖”。“踢斛淋尖”是常见的“漕弊”手段。

首尾相连的漕船停泊在通州漕运码头的土石两坝上，做派十足的军粮经纪在漕船上验粮收粮。如蚁的扛夫将装好的漕粮扛上岸，运丁们则离开漕船寻找美食与美色。漕粮过斛时要拖着长长的声调报数，名为“唱斛”。漕船上此起彼伏的“唱斛”声，运河里停船起渡的号子声，还有纤夫那几乎哀鸣的吟唱，构成了一曲喧嚣热烈、莺歌燕舞的繁华天地。没有人看得见运丁们那溅在浑浊河水中的泪花，也没有人听得见扛夫们那微弱的呻吟，更没有人会注意到军粮经纪耀武扬威的背后那苦涩的幽怨。

军粮密符扇那一百个美妙的符号，犹如一百只不瞑的眼睛，它见证了大运河的辉煌，也见证了漕运码头的繁华，却把阴翳和愁苦化作霉痕，像祖辈父辈脸上那记载着岁月风尘的老人斑，又像破解千古大运河无穷玄妙的密码。

2009 年 8 月 29 日于通州

男人的时装

男人有时装吗？如果说有，转遍大大小小的服装店，闪亮登场的都是千变万化、日新月异、稍纵即逝、令人眼花缭乱的女装；而男装虽亦有名牌大牌独立寒秋，却总是“桃花依旧笑春风”，十年八年一贯制。一个想包装一下自己的男人，选件合适的衣服比选个老婆还难。

如果说男人没有时装，回忆起自己穿衣戴帽的历史和时下对服装的挑剔，似乎也“天翻地覆慨而慷”了。

可以毫不夸张地说，二十岁以前，我几乎没穿过不带补丁的衣服，或许“新三年，旧三年，缝缝补补又三年”就是那时的时装；二十岁以后，买衣服依然要布票，偶尔买来一件新衣服不敢穿，一定要下水洗一洗造得旧一点儿才穿得出去，或许旧衣服就是那时的时装；三十岁以后买衣服不要布票了，又有了一点儿闲钱，可是不懂得该穿什么，傻子过年看街坊，别人穿什么自己就穿什么，或许随大溜就是那时的时装。

很长时间以来，中国的男人都不屑抑或不会包装自己。散装二锅头，尽管质量靠得住，就是不知道装进瓶里将自己推销出去。我就是因为不屑与不会陷入了两次尴尬，纠正我的同样是两位年轻的女编辑，使我顿时明白了许多。

一次是20世纪80年代初的一个夏天，在改革开放走在前列的广州。有一次朋友邀我去参加一个家庭Party，尚不知道Party为何物的我穿着一件大裤衩子就去了。到了那里，男人西服革履，女人长裙短衫，一个个都鲜亮无比。土得像个庄稼汉的我真是无地自容，不要说请人家跳舞，羞得连跟人家说话的勇气都没有了。事后，《羊城晚报》的编辑胡区区对我说，男人还是要讲究一点儿的。你的发型也不好，不要留小平头了。

这是“不屑”，还有一次是因为“不会”。90年代初，我跟导演鲁晓威在一个县城里体验生活。天凉了，他为我买了一件淡黄色的棉衫。我将那件棉衫往衬衣外一套便进了城，似乎还有几分得意。到了《北京日报》文艺部，女编辑陈戎一见就嚷了起来，你怎么穿这么一件衣服？我说是鲁晓威给我买的，现在不是挺时兴吗？她说，时兴是时兴，人家是穿在衬衣里面的。

在我们这个年龄段，我算是最早穿西装和最早穿牛仔裤的人。这当然是受时尚的影响。当年在大学校园里，西装领带，一尘不染的皮鞋，也曾神采奕奕自我感觉非凡。离开大学府，我也算是最早将西装锁进柜子里不再轻易穿的人。我至今也认为西装是好东西，正因为它是好东西，才能经久不衰才能洋为中用。可是大面积引进我们这片土地以后，也像别的品种一样变了味儿。

我曾经看到，一个放牛的小伙子，光着膀子扎着领带，敞怀穿着一件西装，脚下却是一双塑料拖鞋。现在，西装成为了中国男人唯一“指定”的官衣，就像当年的长袍短褂一样，有点儿身份的人都要预备几套。官场商场进进出出的非等闲之辈，乃至他们的跟班和车夫，都是整整齐齐的西服革履，且大多中外名牌。到了美国大街上，看到三五成群西服革履嘀嘀咕咕东张西望的一群男人，不用问，准是中国大陆来的。

第一次去美国之前，咨询了一些时尚派人士，说要到百老汇听歌剧一定要穿西装。为此我颇破费了一回，怕给中国大陆人丢脸，买了一套皮尔·卡丹。到了纽约，友人请我去看《歌剧院的幽灵》。我这位朋友虽说在美国时间不短了，可也是第一次看歌剧。于是我们两个人在他的家里着实打扮了一番，头发吹得光光的，领带扎得端端的。到了百老汇，排队等候入场，立刻觉得别扭起来。在长龙般的队伍中，真正规规矩矩穿西装的只有我们两个人。美国人或者来自其他国家的游客，多是休闲装旅游鞋。美国的时尚变了，洋装在身反而觉得土气了。

衣服是穿在人身上的，有人把它比作第二皮肤。莎士比亚说：“衣裳常常显示人品。……如果我们沉默不语，我们的衣裳与体态也会泄露我们过去的经历。”在我们的身边，常常会让我们看到这种滑稽的“泄露”。为数不少的人，穿着名牌西装，却不愿意把袖口上的标牌撕下去，一下子就泄露出他是个没有多少文化的暴发户或新贵；为数亦不少的人，领带扎得整整齐齐，衬衣外面却套着一层又一层，羊绒衫、毛衣、马甲，一下子就泄露出他是过过穷日子、苦日子的人；还有更甚者，有一次在某宾馆新竣工的十八层大楼里接待几个外地的领导，我身边一个衣冠楚楚的中年人是某局长，且一个劲儿地跟我称兄道弟。该宾馆经理说，这个人挺讲义气。我说，他再讲义气我也不跟他交。他问怎么了，我说，他一边吸烟一边往地毯上吐痰，把宾馆经理恶心得就差骂祖宗了。

女人的衣服有着无限宽广的选择空间，男人就那么几身几样。在这有限的范围内选择出能“泄露”自己品位与修养的“皮肤”来并非易事，这同样需要相应的品位与修养。在这方面，我自知浅薄，但我在留心与修炼，也希望自己能够提高到一个恰当的档次。我不耻下问或上问，请教过男人也请教过女士，可我知道这都是表面的，关键的还是要练“内功”。女人们已经动作起来了，把都市与乡村都装扮得花团锦簇、姹紫嫣红，男士们的绿叶也该陪衬得和谐一点儿才是。

2000 年 11 月 13 日于桑梓轩

享受生命

一

在茫茫宇宙中，生命是一个极其偶然的现象。作为生命最高形式的人类，深深感觉到了自身的孤独和无助，总是希图找到自己的同类。特别是在进入了高科技时代的今天，人们越发感到地球的渺小和脆弱，越发迫不及待地寻求宇宙空间的新的生命现象，以便将来真的到了世界末日的时候，给更加脆弱的生命开拓一条新的活路。令人遗憾的是，尽管耗费了数以千亿计的资金，尽管特大天文望远镜已经观察到了宇宙的边缘，尽管人类登上了月球，尽管火星车发回了清晰而有价值的图片，但是发现新生命的希望却越来越渺茫了。

上帝为什么独独垂青这小小的地球，偌大的宇宙蛮荒他为什么懒于开发，他创造了生命之后又躲到了何处？别忘了他是按照自己的形象制造人类的，难道他不感到孤独吗？

在高速运动着的宇宙中，地球只不过是一粒灰尘，地球上的生命更是微不足道。更何况，每时每刻都有星球相撞，星球毁灭，星球被黑洞吞噬，还有躲不开的光辐射、太阳风、粒子流、小行星、陨石雨，地球在战战兢兢地运转着，地球上的生命一茬茬地灭绝着，一代一代地苦挣着，包括曾经不可一世的恐龙都只剩下了余威不减的化石。

或许，宇宙中原本就不该有生命存在，地球上的生命只不过是上帝造物时的一个笔误。一旦他发现并修正了他的笔误的时候，整个宇宙将重新归于死寂。

我是谁？我从哪里来？我要到哪里去？古往今来，无数思想深邃的先贤哲人都为这生命的终极追问绞尽了脑汁并陷入了更大的困惑之中。

站在无限宇宙空间来反观地球，这偶然的生命也许是毫无意义的。

二

生命无意义，但对于每一个生命个体来说，生命的机会却是弥足珍贵的。在生命追寻中发出绝望哀叹的哲人们，最终还要把关注的目光收回到生命本身。感谢上帝，他给了人类以生命的同时，还给了人类享受生命的特殊本能。如此，生命便不仅仅是活着，人类的独特体验使生命变得浪漫充实、绚丽多彩。无数无意义的生命组成了气象万千的生活，而生活则是美好的。

享受生命，首要的是对生命的珍惜。科学技术越是进步，人类则越感到生命的短暂和仓促。我有一个朋友叫苏光兴，二十年前他患了再生障碍性贫血。他在医院里躺了三年，光是在急救室就抢救了一年半，最长的时候昏死过九天九夜。在死亡线上挣扎过的他对生命有了新的体验，往往在酒桌上向友人敬酒或向同人们做思想工作的时候，总喜欢说如下一段话：人生在世，不过两万六千天，白天一万三，夜里一万三；吃吃喝喝五六千，干点儿实事七八千；二十岁以前干不了什么大事，六十岁以后还得留点儿花钱的时间；剩下的就没有多少天了。您有多大本事，挣了多少钱，都是生不带来，死不带走……

他计算生命的单位从年变成了天，正如歌里所唱的那样，要珍惜生命的每一天。十六岁的少女张然患了癌症，她做手术的时候，不让麻醉师给她打麻药，她要用体会疼痛证明生命的存在，她是以分秒小时来作为计算生命的单位的。

三

一千个人也许有一千种活法，但一千个人也只能有一千次生命。人在生命面前是完全平等的。有权的人可以剥夺别人的生命，却不能占有别人的生命；有钱的人可以花钱买来鬼推磨或神推磨，却不能买到长生不老的秘方。在如何对待生命的思考中，每一个人都是哲学家，每一个人都有一套自己的哲学。或者说，每一个哲学家最终的主题都是要回答同一个问题，那就是如何享受生命。

享受生命便是享受生活，享受人生。享受是一种愉悦，是一种快感。不同的人对愉悦和快感有着不同的追求和需要。政治家击败了对手，登上了权力的宝座，他觉得是一种愉悦；将军在战场上毁灭了敌人的生命，吹响了胜利的号角，他觉得是一种愉悦；商人们机关算尽，赚取了让人眼红的财富，他觉得是一种愉悦；歌星影星这星那星被浅薄的追星族包围着，甜哥哥蜜姐姐地亲吻、签名、献花，他或她觉得是一种愉悦；在最近播出的电视剧《贫嘴张大民的幸福生活》中，张大民说过一句很有意思的话：我觉得活着挺好，甭说别的，这一天三顿饭就值得留恋……自然，这是张大民的愉悦，一个普通老百姓的愉悦。正如心理学家马斯洛所说，人类从生存需要到安全需要到归属需要到尊重需要到自我实现的需要，是逐步从低级向高级发展的。每个阶段都有不同的愉悦和满足，也都有不同的苦恼和挣扎。

可以说，享受生命就是要千方百计地创造愉悦。但是，创造愉悦是要付出代价的。有所失才能有所得。用什么换取愉悦，失去什么，得到什么，人们几乎每时每刻都在进行着选择。江西省副省长胡长清，利用权力受贿索贿五百六十万元，最后东窗事发，不但被没收了全部非法所得，还挨了一颗子弹，这值吗？也许他在得到贿赂的那一瞬间是愉悦的，但却忘记了这愉悦将要以生命作为代价。这是暴露出来的腐败分子，没暴露出来的大多数人都存在着侥幸心理，或许觉得自己做得天衣无缝，或许觉得有人保护着他，自己不会被枪毙，还可以吃烧饼油条和炸酱面，还可以找小姐包二奶泡小蜜。但是，每天战战兢兢夜不安眠的生活能愉悦吗？这种生活不是在享受生命，而是在虐待生命、糟蹋生命、摧残生命。这当然是极端的现象，但我相信这“极端”并非数量极少，不值得人们去关注。

前两天，一位商人朋友跟我谈到他经商赚钱的体会。他说，赚钱的过程应该是一个轻松愉快的过程。有了这个过程，钱赚多赚少，赚与不赚都无所谓。如果这个过程很累、很不正派甚至伤天害理，你赚的钱再多又有什么用处呢？它能给你带来享受吗？

不仅仅是赚钱，无论做什么事情，都要从生命的本体出发，以珍惜生命、热爱生命、享受生命、延长生命为大前提。当然，珍惜自己的生命也要尊重别人的生命，这是不言而喻的。或许有人会说，那么杀身成仁、舍生取义是不珍惜生命吗？非也，用一个或少数个体的生命换取更多的人的生存权利，这是生命价值的一种辉煌体现，是国家和民族的英雄，是生命永恒的存在方式。

但对于大多数人来说，生命价值还是在平平凡凡的生活中逐渐积累起来的，生命的质量也是在一点一滴的琐事中体现出来的。

四

两点之间以连接两点间的直线为最短，这个几何公式同样适合于人的生命现象。如果说，生是人生的起点，死是人生的终点，那么连接这两点的直线或曲线就是活。中国道家将人生分为三个阶段，即生—活—死。如何延长生和死两点间的距离，那就要看你在活的过程中画的是一条什么线。

活就是经历，生命的价值是靠经历体现出来的。日出而作，日落而息，今天重复着昨天，今年重复着去年，自己重复着别人，这一辈重复着上一辈，活一生也犹如活一日。每天都迎接新的太阳，每天都有新的收获和体验，每天都过得非常充实和愉悦，那么你就会觉得生命在不断地延长。生命是一笔定期存款，随便挥霍就是贬值，计划得当就能保值，经营有道就会增值。

人的经历大抵可以分为三种：一种是生活经历；一种是感情经历；一种是文化经历。中国传统哲学强调的是中庸与和谐，中国人的生存态度也是追求简单而稳定。在某种意义上说，中国人惧怕经历，总是把经历看作是挫折和不幸。在生活经历上，中国人追求的是安土重迁、终身职业；在感情经历上，追求的是从一而终、白头偕老；在文化经历上，则讲的是师道尊严、天地君亲师。

现代社会，特别是改革开放以后，中国人从封闭状态中解脱出来，如同一夜醒来，放眼望去，世界完全换成了一副新的面孔。新的事物，新的观念，新的诱惑，新的刺激，激活了沉睡在生命中的本能欲望。于是，人们的机会多起来，经历也多了起来。下海经商的，从一无所有到百万、千万、亿万富翁；铤而走险的，从“第三者插足”到闹离婚到“包二奶”；梦想成真的，从“土插队”到“洋插队”，从硕士生到博士后。无论生活经历、感情经历还是文化经历，都比以往任何时代丰富多彩，令人眼花缭乱。

任何经历都不是一帆风顺的，都带有一定的冒险性。有成功就会有失败，成功者总要付出代价，失败者也未必一无所得。《悲惨世界》的冉·阿让，从囚徒到市长，又从市长到囚徒。既然他走了这么一个大轮回，当初何必当逃犯呢？然而对于冉·阿让来说，他却度过了极其有意义的一生。从囚徒到囚徒的轮回中，他发生了脱胎换骨的变化，人性在他的身上不仅得到了复归，而且放射出了灿烂的光芒。他的生命的价值正是在这番轮回的经历中完成的，也给他生命的意义做出了肯定的回答。

有人问过我，文学在我的生命中占据着怎样的位置。我说，文学是我的梦想，是我的追求，是我毕生从事的事业，是我生命的重要内容，但却不是我生命的全部。在我的生命过程中，除了文学，我还有许多的向往和迷恋。比如说，名山大川我想走，世界风光我想看，我还想练书法，还想学太极剑，还想在网上游览，等等。虽说有所失才能有所得，但我不想把人生的乐趣全部失去。真要那样活得乏味，我宁可不要我的事业。

一个人的性格、气质以及综合素质都是在自己的经历中形成的，一个人的命运也是由经历决定的。如果说，生命是一辆按照预定的轨道奔驰的列车，那么经历则是装载在列车上的货物。谁也不愿意空着车皮在人世间跑一遭，除非他实在是没有运载能力。

五

享受生命是一种处世态度，是一种对人生的尊重和理解。我们的生命是在多灾多难的地球上偶然诞生的，从它诞生的那一刻起，就面临着各种各样的危险和考验。这个世界是不完美的，人生是不完美的，更无法回避的是，这个不完美的人生还会走向终结，还会死。我们的祖先早就看透了人生这种无奈的悲剧，千方百计地为人生寻找最后的归宿。佛家认为人生来就是苦难，要求人们在苦难中修善积德，以求在来世获得圆满；基督教则认为人是带着原罪来到世间的，所以终生都要祈祷和救赎，以求在死后升入天堂。中国传统哲学不讲究因果报应和赎罪观念，无论儒家的入世还是道家的出世，都是强调在此生此世协调好人与自然及人与人之间的关系，以求在心理上获得和谐与平衡。大多数中国人特别是中国知识分子是接受中国哲学的，并且多是在儒道两家脚踩两只船，穷则独善其身，达则兼济天下。

谁都希望有一个辉煌的人生，特别是在青少年时期，都有美丽的梦想和远大的抱负。成名成家，升大官发大财，荣归故里，衣锦还乡，名垂青史，永垂不朽，洞房花烛夜，金榜题名时……确有天之骄子飞黄腾达，将理想变成了现实。但是对绝大多数人来说，总是心比天高，命比纸薄。就算是获得了极大成功的幸运儿，在他们成功的过程中也是充满了失败和挫折的。美丽的梦想和残酷的现实构成了强烈的反差，这就给有限的人生带来了无穷的烦恼。

面对成功，无须花费更多的脑筋，即使他得意忘形、忘乎所以也依然是个胜利者，至多被人骂作是小人得志、庸俗浅薄。而面对挫折与失败，则需要有良好的心理素质和坚韧的承受能力了。

以平常心对待成败荣辱、升降沉浮，说来轻松，真正做到谈何容易；以恬淡之情抗拒诱惑，控制自身的强烈欲望，劝别人简单，自己多会当局者迷；遇事冷静制怒，泰山崩于前而色不改，黄河决于后心不跳，写成座右铭悬在案头容易，大祸临头时看你如何操作。处世态度是一种修养，这种修养是在长期的经历中自觉修炼而成的，当然也是一种日积月累的处世经验。不管你能不能做到潇洒豁达，要享受生命必须善待生命。如果说生命是你旅居世间的房屋，不良的情绪便是浓烟烈火。你的房屋再坚固、漂亮，日久天长的烟熏火燎，它也会很快地陈旧、残破、坍塌。

有一点是肯定的，不管你愿意不愿意，困难和挫折总是伴随着你，这是人生的一个重要内容，也是对生命的重要考验。我们太追求顺利和完满，以至连一点儿困难和挫折都不愿意承受。特别是现在许多父母对待自己的独生子女，总是捧在手里怕掉了，含在嘴里怕化了。我们这一代人大多都经历了一个苦难的童年，回想起来，童年的苦难教会我们的生存能力和处世经验，足够我们受用终生的。从这个意义上说，苦难确实是人生的一笔财富。如果一个人从小到大，没挨过饿，没受过冻，没吃过苦，没受过累，没经历过失败与挫折，甚至不知道什么叫贫穷和卑贱，那么在他生命的课程表上不就少了一大块重要的内容吗？这样的生命是值得羡慕呢还是令人遗憾？

有记者问海明威，一个作家最好的训练是什么？海明威说，不愉快的童年。人生是个五味瓶，苦辣酸甜咸，无一不可不尝。

六

享受生命，最重要的是活着。虽说生死由命，富贵在天，但生命毕竟掌握在我们自己的手中。上帝既然把生命交给了我们，我们就该小心呵护，马虎不得。

生命是上帝赠送给人类的一件珍贵而又娇气的礼物，稍不留意，便会打碎。而一旦打碎，便再也无法粘贴和弥补了，每一件生命的礼物都是唯一的。近些年来，时常有英年早夭的悲剧发生在我们身边，提醒着我们生命的脆弱性，增加生命的危机意识。

人到了一定的年龄，总要注意一些科学的养生之道。生命好比人的骨骼，年轻时骨质密度高，经得住磕碰摔打，即便伤了断了也很快能愈合。随着年龄的增长，骨质开始疏松，稍有不慎，便会伤筋动骨。享受生命首先是享受健康，一个健康的生命充满了活力，充满了欲望，充满了愉悦和快感，而虚弱和病痛的肉体只能给人带来痛苦和煎熬。

在许多强者和成功者的时间表上，我们常见许多的第一，譬如事业第一、工作第一、家庭第一、爱情第一、他人第一等，很少有人自觉地把健康放在第一位，这实在是一种疏忽和谬误。

人生如旅，死去如归。既然我们已经踏上了生命的旅程，就快快乐乐地享受生命吧。当生命到达终点的时候，你如果会说，这一趟来得挺值，这就足够了。

2000 年 3 月 11 日于洋桥

撒谎不是人

一

撒谎不是人，这应该算是一个很重的诅咒。

我相信每个人都说过这句话，说得最多的是在天真无邪又少不更事的孩提时代。几乎从牙牙学语的时候开始，父母便教育我们不许撒谎，撒谎不是好孩子。不许撒谎成了不许玩儿火一样的禁忌。大凡禁忌都会被好奇与冒险挑战着，尽管谁也不愿意当坏孩子，又都禁不住要撒一些谎。不是吗，明明是自己不小心打碎了一个杯子，却硬是诬蔑弟弟妹妹干的；明明是下河游泳了，腿上还有水痕，却紧闭着嘴不承认；明明是作业没有完成，为了到外面去玩儿，却说老师没有留作业……

撒谎不是人，那是什么呢？是动物，动物也会撒谎。变色龙或其他会作伪的昆虫，为了掩饰自己，或为了获取猎物，常常把自己伪装成树枝、树叶、花朵。两个狒狒在挖它们事先埋藏好的食物，这时候第三个狒狒来了。它们立即站起来，若无其事地离开。等第三个狒狒走远了，它们又回来了。

孩童撒谎一是为了获得好处，二是为了逃避惩罚。小学五六年级，我们是在镇上的中心小学就读的。每天早晨，从食堂领取两个高粱面的小窝窝头儿，便浩浩荡荡地朝六华里外的镇上出发。两个小窝窝头儿是我们的午餐，没到村口，午餐便提前消灭光了。前面还有很长的路，更可怕的是，全国都在轰轰烈烈地搞“大跃进”，学校里等待着我们的不是安静的教室，而是没完没了的热火朝天的工地。为了逃避繁重的体力劳动，我们选择了逃学。我们逃到已经干涸的泥洼水库，躺在沙坑里睡觉。实在无聊了，便把硬如顽石般的沙块打磨成形形色色的小动物，我们称之为“磨洋工”。事情终于败露，学校发现了我们集体逃学，将我们拉到全校学生面前“辩论”。这应该是很丢脸的事情，可是我们却不觉得很难堪。一是反正逃学的也不是我一个人，大家共同丢脸，每个人的脸只丢了一点点儿，没事的。二是我们逃学为了逃避本来不属于我们的劳动，心里觉得有理。有理走遍天下，虽说天下不是我们的，可是对公正的要求却是天下至理。

我们被“辩论”之后，非但没有受到歧视，不少同学还向我们取经，问泥洼水库里那些好玩儿的事情。我们借此大吹大擂，甚至说在那荒凉的地方还能找到吃的。见鬼，我们说了谎，居然有人信，还令人羡慕，受人尊重。

撒谎无害，并且还能得到好处，何乐而不为呢？

二

十九岁的年轻老师被划成了“右派”，在劳改农场的砖窑里背了一年多的砖坯。由于想表现好，便玩命干活儿，受了“努伤”，又被派回来教书。他教我们地理课，上课之前，校长先来教室里给我们“打防疫针”，讲那个年轻“右派”的“反动言论”。说了半天，就两条，这个年轻老师喜欢文学，多愁善感。在参加农村劳动的时候，站在村头望着盐碱迷茫的乡野，感叹了一句：这凄凉萧索的农村。还有，学校放了寒假不让回家，跟贫下中农一起“战天斗地”，他翻着日历又感慨地说：艰苦的岁月赶快地过去吧。这些都是他的同事，也就是我们老师揭发出来的，于是他便成了可怕的“阶级敌人”。可是我们都觉得那个老师非常好，讲课生动有趣，课间跟我们打成一片。我们常常议论，那个老师说谎了吗？没有说谎为什么会被打成“右派”呢？

我的二舅，是个胸怀大志响应号召的还乡青年。可是思想再进步也怕挨饿，他比我们懂得多，端着那稀得能照见人影的红薯面粥，居然胆大包天地抱怨，而且还是站在领袖像下大放厥词。同样，他也被人家告发了，开除了团籍，快要结婚的女朋友也跟他“划清了界限”。二舅说谎了吗？没有说谎怎么落得如此悲惨的下场呢？

说真话是要付出代价的，谁还敢说真话呢？

三

我们终于领教了什么叫撒谎，什么叫弥天大谎，什么叫谎言的汪洋大海。

“大跃进”后，教育改革了，取消了“体音美”，增加了一门“农业技术课”。课本是一本薄薄的小册子，名字是：河南新乡卫星升上天，亩产小麦七千三。请注意，这不是新闻报道，是农业技术的教材。我们要从那里学到的是“八字宪法”，是科学知识。我们非常推崇“八字宪法”，觉得那是最伟大的科学。“水肥土种密保工管”，我们一个字一个字、一条一条地记在心里了。只要按照“八字宪法”去种田，就能“亩产小麦七千三”。

别忘了，我们是农村的孩子，对土地熟悉，对度量衡也有感觉，我们知道“七千三”是多少，曾经仔细地算过，一麻袋一百六十斤，差不多能装五十个麻袋。一个人一年的粮食定量是三百斤，一亩地打的小麦，能供给二十五个人吃一年。对新乡小麦产量疑惑未消，报纸上又铺天盖地地爆炸出了许多“卫星”：有“万斤”的棉花，“十万斤”的水稻，“几十万斤”的红薯……我们天天跟土地打交道，一时不敢相信。不信也得信，能怀疑报纸吗？我们只好推想，人家“跃进”了，我们“落后”了。直到有一天，我们也被安排“放卫星”了，先跟着社员一起，把若干亩水稻收割下来，再集中在一起，码放得严严实实密不透风，还让几个姑娘站在“稻田”上照相。然后，我们又敲锣打鼓到公社“报喜”，也说亩产水稻几万斤云云。

我们是亲历者，知道“放卫星”原来是说谎。可是，没有人揭穿这谎言，觉得这谎言是天经地义的，是理直气壮的。

在大多数地方，都是讲真话比较容易，既不需要勇气，也不需要牺牲。而讲假话则需要很大勇气，因为你骗人要承担后果，搞不好要身败名裂。可我们正好相反，讲假话容易，张口就来，天天讲，脸不红心不跳。而讲真话需要极大的勇气，甚至需要冒坐牢的风险。

这话是白岩松讲的，我颇有感触，深以为然。谎话是可以繁殖的，遇见了肥沃的土壤和适合的气候，便会根深叶茂疯长蔓延开来。谎言的荒草争夺的是诚实的养分，掩盖的是真实的世界。

这样的土壤就在我们脚下，这样的气候就在我们身边。

四

最近看了一本外国人写的《说谎心理学》，封面上赫然写着：不说谎，我们就活不下去。

难道我们真的是一个谎言生产大国？难道我们真的是一个善于说谎的民族？难道我们真的没有谎言就无法生存？

有一种人是“强迫性说谎”，如同患了“强迫症”，他自己也无法控制自己，不说谎真的活不下去。从前我有一个同事，他几乎所有的事情都要说谎，仿佛说真话会吃大亏一样。比如他明明刚才在楼下跟人家聊天，他却说从来没下楼；又比如他中午明明吃的是米饭，他硬要说吃的是面条儿；还比如他明明是下个月生日，他却说昨天全家给他举办了生日宴会……我还有个朋友，他总是为自己编造许多辉煌的经历和可贵的作为，以显示他如何高尚、如何手眼通天、如何仗义助人。他还有絮叨的毛病，总是把他编造的事情不厌其烦地重复。久而久之，他已经对自己虚构的谎言信以为真了，可笑的是，他以为别人也信以为真了。他相信一个理念：谎话重复一千遍就是事实。

一个人“强迫性说谎”，是为了炫耀自己编造幻影，损害的只有他自己和少数轻信者。一个政府机构也如此，那便直接危害了国家的公信力。

说谎仅仅是说谎吗？是有病，病得不轻。

五

撒谎不是人，人都会撒谎，那么我们该如何做人呢？

《说谎心理学》的作者说，说谎是天生的，诚实需要学习。这话说得中肯。人类也许需要谎言，但更多的则需要诚实。谎言是病态的，诚实是健康的。如同健康需要修炼一样，诚实是需要学习的，学习诚实，就是学习做人。

生活在谎言的世界里是多么可怕的事情啊。

改造谎言的土壤，保护培育真话的种子，创造一个诚实的世界，这是一个比治理水污染、土壤污染、空气污染还要艰巨的工程。

做一个不撒谎或不恶意撒谎的人吧。你行的，我也行的。

2013 年 5 月 27 日于通州

走近话剧

好长时间以来，我都觉得自己搞话剧是一种误会。在北京人民艺术剧院这个艺术殿堂里供职的艺术家和非艺术家们，都有一种近乎神圣的自豪感，而我却总怀着一种冥顽不化的隔阂和陌生感。与人艺的同人们谈起话来，总是用玩笑的口气说“你们人艺”如何如何；上班时走到人艺大门口，也常常被门卫拦住问你找谁。我一点儿也不觉得尴尬，我总觉得我跟人艺隔着一层，看到一些老艺术家或老职员临退休时痛哭流涕难舍难分撕肝裂肺要死要活的样子，也同样感动不起来。或许别人都是人艺的“嫡生”，我是“庶出”。

《新剧本》副主编王珏先生打电话约我给《我和戏剧》的栏目写点儿东西的时候，我刚好从山东德州回来。我不知深浅地误入“梨园界”，就是始于那个莫名其妙的德州。

二十年前，我突然接到一个通知，让我随着一个庞大的戏剧代表团到山东德州考察农村改革开放的大好形势。这个代表团是全国剧协组织的，成员大多是来自全国各剧院的专业编剧或领导者，举动很大，许多媒体还发了消息。后来我才知道，我是代表北京人艺创作室参加这支队伍的。

我当时在通州地区的文化部门工作，用现在新新人类嗲声嗲气的语言说，那是很不开心的。幸运的是我参加了鲁迅文学院"文革"后恢复招生的首届学习班，当时还叫文学讲习所。讲习所毕业以后，我就想离开通州到一些离文学近一点儿的地方工作，譬如出版社或杂志之类的。有一天晚上我到当时《北京文学》编辑赵金九家串门，谈起了我的想法。在场的正好有北京人艺创作室的蓝荫海，他劝我到北京人艺去，说那里正招兵买马。当时人艺创作室主任是刁光覃，副主任是于是之，党支部书记是刘厚明，这三个人物都是我心目中高山仰止的大艺术家和大作家，我一个只写过几篇小说的小业余作者，怎么能到如此辉煌的地方去呢？顺便说一句题外话，北京人艺的创作室应该说是一个很有风水的地方，刁光覃和于是之，后来都是第一副院长，刘厚明先调到《中华少年》当主编，后来又荣升为国家文化部艺术司司长；接任他们的英若诚官至文化部副部长，现在北京人艺的书记兼院长刘锦云也是从我们创作室出来的。

人生有许多偶然性，就在蓝荫海动员我去北京人艺不久，我便被派去参加这个赴德州的戏剧考察团。

我是因为看小说喜欢上文学的，从来没有受过戏剧的熏陶。人艺的话剧如此石破天惊，我也只看过诸如《云泉战歌》那样的准样板戏。临去德州之前，我找了一下刘厚明和于是之，从资料室借了一本《老舍剧作选》。临阵磨枪，既然冒充剧作家，怎么也得读两个剧本呀。我在德州待了一个多月，走了几个县，看到了那些被松了绑的农民的劳动热情及改革后农村萌发出来的新气象。由于跟当时的那些剧作家们很难有共同话题，便和当地的业余作者打成了一片。考察团走了以后，我一个人留了下来，在大运河边一个叫邢庄的村里体验生活。当时带着我去农村的是夏津县教育局副局长于善勤，我在那里遇到一个被继母卖到内蒙古的姑娘，她叫魏玲，遭遇非常悲惨；还了解了当时很有名气的农村党支部书记曲方营，后来他被调到了乡里任党委书记，再后来任县人大副主任。我还结识了一个赤脚医生，叫杨英国，后来他成了山东省知名作家，调到了德州市文联工作。二十年以后就是他邀请我重返德州的，这是后话。

我从那个小乡村里出来，躲进禹城县的招待所里，居然照猫画虎地写出了一部话剧，反映的还就是改革开放以后的农村生活。也是初生牛犊不怕羞，把这个戏交给了于是之，让他着实吃了不小的一惊。那时十年磨一戏的余悸未消，没想到我这个门外汉一个月就拿出了一个剧本。他评价说人物很活，生活很扎实，立即决定把我正式调到北京人艺。这实际是我进入北京人艺的一张试卷，这张试卷蒙混了于是之，也蒙混了我自己。我觉得写戏也不过如此，没什么了不起。

就是我对戏剧的这种无知和轻视，害得我妄担了人艺编剧的名份，长时间写不出像样的东西来。艺术是互通的，一通可以百通，这话或许有一定的道理。我没有从这一通百通中得到实惠，却被另一句话深深地教训了我：隔行如隔山。隔在文学与话剧之间的大山我一翻就是十几年，走了许多弯路，多少次都几乎废在半途，丧失了信心。幸运的是，人艺的艺术家和剧作家们并没有歧视我，总是在关键的时候给我以关怀和帮助。曾经有一段时间，我放弃了话剧创作，到北京作协当合同制作家，继续写我得心应手的小说。在我的一次作品研讨会上，时任人艺党委书记的鲁刚说了一通让我心热泪湿的话，他说王梓夫在小说创作上的成就是他对社会的贡献，也是人艺对社会的贡献，我们人艺既然养得起剧作家，也养得起小说家。会后，他又亲自到我家，动员我回北京人艺，他跟我承诺说，你回人艺以后可以写戏，也可以写小说。如此开明体贴的领导者不是每个人都有幸遇到的。

我在人艺的二十年，是学习话剧创作的二十年。这期间得到了同行兄弟的帮助，得到了各位艺术大师的指点，还是收获颇丰的。同样需要感谢的是《新剧本》对我的支持和扶持，我的一些剧本写出来之后，不管人艺上演还是不上演，《新剧本》都尽可能地给我发表，这对我无疑是一个巨大的鼓舞，也是我忝为剧作家的一个重要的资本。

我开头说过，我搞话剧是一个误会。这误会有点儿像旧时的包办婚姻，把新娘的盖头揭开以后，却发现是一个温柔可人的小娘子。于是先结婚后恋爱，逐生情感，直至缠绵缱绻，如漆似胶。我对话剧和对人艺的感情也是这样一点一滴地积累起来的。去年夏天，院领导动员我出任创作室主任，我犹豫了好久，我知道这是一个苦差事，是需要做出很大的牺牲的。后来还是自己说服了自己。我在人艺这么多年了，应着剧作家的名分，吃着人艺的俸禄，也该为人艺做一点儿什么了。说句良心话，不管能力如何，我还是很敬业的。这一年我上的班，比我过去二十年上的班还要多。这是表面的，自从下决心奉献给人艺以后，我便不再写小说或其他的东西。一心一意地想写一个话剧，近半年来一直在朝阳、通州及其他地区体验生活。一是我自己要写戏，二是要动员社会上的作家朋友为人艺写戏。虽说现在还没有显著的成效，但我相信三五年以后会有较大的成果的。有的人不懂得创作规律，以为搞剧本会像办酒席一样的简单，找到厨师就会有美味佳肴。这种急切的心情是可以理解的。

走进人艺，而后走近话剧。在这个国家级艺术殿堂里，我的收获和所受到的教益应该说是全方位的。从为文到做人，从提高艺术素质到研究艺术规律。这时候再讲艺术上的一通百通，恐怕就到了一个比较高的层次上了。

2000 年 11 月 4 日于桑梓轩

通 州 赋

通州，通天下之州也。州通天下，有赖于舟；舟行天下，有赖于水，水贯流而为河。三千里京杭大运河，牵六省市，挽五江河，领世界开凿之先。漕运码头，上拱京阙门户；历史名城，威震北国边关。倚燕山而虎踞，面渤海而龙盘；出榆关以飞驾，下江浙而扬帆。

黄帝画野，始分都邑。商周春秋，隶属幽燕。秦为渔阳，汉置路县。隋一统即属涿郡，宋南狩已划辽边。金取漕运通济之意，始有通州之名。元承乾元统天之道，直属大都总管。皇朝顺天府，清袭明制。京兆特别区，民国改县。开国伊始，曾易京冀之间。复名通州，时逢世纪交关。

吴夫差图霸中原，开邗沟建邗城，两千载奇功湮没；隋炀帝力固疆土，疏通济凿永济，五千里长河蜿蜒。忽必烈大气磅礴，弯弓取弦，拉直杭州通州；永乐帝壮志凌霄，彀中揽英，运筹商船漕船。漕运仓场五闸二坝十三粮仓，元明清更迭传承；坐粮厅衙三班八科百二经纪，官兵商兼辖统管。

漕运盛而通州兴，仓廪实故天下安。千里搏涛，运载半天下财富；万艘朝宗，惊叹大帝国威严。舟楫之胜，可敌长城之雄风；呼号之威，亦似东海之巨澜。燃灯塔下，帆樯蔽日；潞河驿前，货物成山。城中店铺鳞次，廒前车马腾喧。更甚开漕时节，万家空巷，大光楼前，百官列班。花会争雄，仓神占先。开关验粮，大惊大欢。胜似清明上河，堪比皇家庆典。

致天下之风物，聚四海之货源。漕粮存储，物资集散。江南之瓷茶丝绸，塞北之骡马毛毡，西域之珐琅香料，东瀛之奇器文玩。友邦节使，岛国船员。会试之公车，外任之京官。货既卸驼，人亦登船。才听吴侬软语，又闻字正腔圆。既尝东辣西酸，又品南甜北咸。物产之奇，河盈万象；风俗之异，海纳百川。

故通州之通，乃胸怀阔也。胸怀阔者，以文脉深也。文脉深者，性情使然。焚书烛夜，李卓吾饮恨天朝狱；葬花说梦，曹雪芹遗骨张家湾。江阴屠城，阎应元十数万忠魂留青史；漕仓除霸，李三才五三次疏奏挂朝冠。八里桥浴血抗敌寇，张庆余举兵灭国奸。钟灵毓秀，地灵而人杰；文墨浸染，性豪且情绵。神童作家引领乡土文学，西部歌王出自潞河学苑。男儿重义而善交，女子多情且淑贤。经商者讲诚信，为官者倡清廉；务农者勤耕读，作文者戒穷酸。乡音别于津冀，习俗无异皇垣。聪智而不黠，虚荣略重；古朴而不愚，礼义为先。

多河富水，一马平川。宜粮宜蔬宜棉，易旱易涝易碱。屋多土坯茅草，食多糠菜粗纤。土里刨食，生生不息；乱世奔命，惴惴不安。流民为求生，时有落境；土著因避祸，亦多外迁。黄土养人亦埋人，苟活善终；河水载舟且覆舟，改朝换天。

开国六十载，坚韧于荆途跋涉；改革三十年，奋发于险境登攀。亦农亦工亦商，修河修路修田。一村一品一镇一风情，百家百技百业百高端。世界北京，千载之机遇；国际新城，百世之鸿篇。尖端规划，巨笔如椽。核心区域，生态低碳；立体交通，公益为先；楼宇长街，绿色循环；总部公寓，商贸科研。花园城市，水碧天蓝。生于斯者，意得志满；居于斯者，心定神安；游于斯者，梦绕魂牵。美哉清平乐，妙乎太平弦。

一首通州赋，几行翰墨情。云端响彻黄钟大吕兮，不足以歌咏乡党；大地铺满汉帖晋书兮，亦难以描摹家园。

2011 年 5 月于通州

潞河中学赋

京东三十余里，古城通州，城市副中心开天辟地；风云百五十载，潞河中学，世界名学苑破浪扬帆。筑城兴邦，国之大计；传承播育，民之本源。国以斯民为本，民以教化为先。教化传道，始于私塾庠序；潞河学堂，创自西学东渐。

两千载天朝龙庭，震摇于列强群雄；三万里金汤国门，洞开自利炮坚船。国人志士忧积贫积弱，域外贤良怜愚民愚官。追随世界潮流，须民智开启；立足民族之林，必教育发端。首创潞河书院，求学者志兴中华；惨遭回禄祸殃，后继人重建校园。立学府囊括中学大学，四方趋鹜；建燕京才分潞河协和，八境集贤。

国难弥天，潞河即山河，山河破碎潞河蒙难；万众救亡，学子为赤子，赤子奋起学子当先。遭沦陷再流亡，忍辱负笈，百余名少年才俊；经亳州到西安，跋涉修读，三千里烽火狼烟。痛金瓯之焦土，护社稷之桢干。

名校历久弥新，赖名师脱颖辈出，名师各树一帜，赖校长理念占先。潞河精神，年积月蕴；人格教育，植根承源。反满清，壮士聚义谋大略；建民国，精英热血荐轩辕；抗日寇，唤醒民众复国仇；传真义，点燃星火待燎原。学生自治，培育农民领袖；勤工俭学，扶助贫弱学员。训曰：一切为了祖国，主动发展，追求卓越，潞河重任在肩。

通州之衰落飘摇，源自漕废战乱；潞河之疾进勃兴，起于开国换天。

噫吁嚱，美乎壮哉！杏坛佳境，惊现古城之南。揽燕云之形胜，逐潞水之蜿蜒，聚古今之精萃，融中西之学研。绿荫掩曲径，碧水绕花坛，楼台披绿萝，室舍盈香兰。书生意气，气吞山河雷霆；少女情怀，怀寄明月清泉。吟读中外名著，追忆古今良贤，一石一水皆风物，一花一木即情缘。谢氏楼卫氏楼博唐亭，星罗耸卧；文彬路绍棠路洛宾道，阡陌相连。文氏潞友仁之黄昆协和湖，文昭天钦叔和馨菱德辰山。入德之门唐氏大操场，潞友场馆旱桥潞南苑。诗书琅琅伴花香鸟语，龙虎腾腾遂日落月圆。外联友邦名院校，内设新疆高中班。面向海内外，多元开放；兼顾学知行，远瞩高瞻。

春风化雨，良师数千；桃李漫天，潞友五万。良师数千，诲之谆谆，视学子如亲子；潞友五万，求之孜孜，将校园作家园。奔赴四海兮，皆为良逸；肩负百业兮，俱是高端。学子眷怀家园兮箕裘不坠；潞河迎送学子兮薪火相传。饮水思源，运河滔滔载日月；继往开来，潞河煌煌壮河山。

丁酉夏月于武夷花园

东书房赋

位帝都东方，藏宋庄深巷。地不足亩，故叠屋架阁；房仅八间，便开牖敞廊。门扉两扇，铁环性卑候叩；小院丈余，红杏情急出墙。

谈笑有鸿儒博士，往来多引车卖浆。冤民访客呼号寻天，江湖浪人吟哦献章。茶热争辩也谦和，酒酣形骸便放浪；无丝竹亦可谈风月，有微信更须论兴亡。友朋聚兴会所，心灵温柔之乡。

寻罹拐妇幼，建公益储仓；随手拍世道人心，信笔画黑白癫狂。关注苍生屈苦，筹谋百姓稻粱。路漫漫修为足下，情切切泪洒梦乡。

此乃东书房，建之者谁？湘人于建嵘也。赋之者谁？土著王梓夫也。时丙申夏日于潞阳之左。

图书在版编目(CIP)数据

饭局 / 王梓夫著. -- 北京 : 中国文史出版社, 2021.3

(中国专业作家作品典藏文库 · 王梓夫卷)

ISBN 978-7-5205-2439-1

Ⅰ. ①饭… Ⅱ. ①王… Ⅲ. ①散文集-中国-当代 Ⅳ. ①I267

中国版本图书馆 CIP 数据核字(2020)第 209457 号

责任编辑: 卢祥秋

出版发行: 中国文史出版社
社　　址: 北京市海淀区西八里庄路 69 号院　邮编: 100142
电　　话: 010-81136606　81136602　81136603 (发行部)
传　　真: 010-81136655
印　　装: 北京新华印刷有限公司
经　　销: 全国新华书店
开　　本: 720×1020　1/16
印　　张: 15.25　　　字数: 143 千字
版　　次: 2021 年 3 月第 1 版
印　　次: 2021 年 3 月第 1 次印刷
定　　价: 55.00 元